定本

高橋忠治全詩集

定本　高橋忠治全詩集

目次

カバー・扉・装画＝上矢　津（かみや・しん）　装幀＝杉浦範茂（すぎうら・はんも）

本詩集は、下記の本を底本としています

『かんじきの歌』昭和三十七(一九六二)年
信濃教育会出版部　装幀、さし絵・北島新平
『おふくろとじねんじょ』昭和四十九(一九七四)年
信濃教育会出版部　装幀、さし絵・北島新平
『りんろろん』平成二(一九九〇)年
かど創房　画・こさか しげる
『だいじなものは』平成十八(二〇〇六)年
一草舎出版　挿絵・大隅泰男

『かんじきの歌』

水すまし

あつまれ
あつまれ
あつまった
あつまった

だまれ
だまれ
だまった
だまった

とまれ
とまれ
とまれない
とまれない

ぐるぐるぐるぐるぐるぐるぐる
ぐるぐるぐるぐるぐるぐるぐる

これでは
とっても
かいぎに
ならない

とまれ
とまれ

とまれない
とまれない

ぐるぐるぐるぐるぐるぐるぐる
ぐるぐるぐるぐるぐるぐるぐる

いつまで
たっても
しちょうさんが
きまらない

ひなどり

小さな
とさかを
かしげては
ふしぎだな
考えごとばかり
している。

小さな
とさかを
かしげては
どこへいった
どこへいった　と
じぶんのなきごえを
さがしている。

ぶた

ぶたが
わらった。
　ぶう。

人びとは、
ぶたが　ないたよ
と、いった。

ぶたは
また　わらった。
　ぶう。
ぶう。

人びとは、
あれ
また　ないたよ
と、いった。

ぶたは
ほんきで　わらった。
　ぶう。
　ぶう。
　ぶう。

人びとは、
あれ
よくなく
ぶただ　ぞい
と、いった。

めでたい話

※

ひよこが　たまごのからを
やぶったとき。

※

ありごの　ひめさま
よめいり　したとき。

※

うさぎの　あかちゃん
めを　あけたとき。

※

まいまいつぶろが
はじめて　つゆを　なめたとき。

※

くさのはに　もぞかされて
おにむし　げらげら　わらったとき。

ホッポ　ホッポ

ホッポ　ホッポは　よしのふえ
すっぽり　ながい　よしのふえ
ホッポ　ホッポは　なつのうた
ねむいぞねむいぞ　なつのうた
ホッポ　ホッポと　ふいていこ
ひるねはすぎたと　ふいていこ

めがね

遠い町のむすめから
まごのしゃしんが　おくられてきました。
じいさんも　ばあさんも
目がかすんでいました。
まごの顔をはっきりみたい
じいさんも　ばあさんもいいました。

畑のしごとに
めがねはいらないが、
なれた針《はり》しごとに
めがねはいらないが、
まごの顔は　はっきりみたい。

むすめは
じいさんと　ばあさんに
めがねをおくりました。
むすめに　ようにているわ……
この鼻つきは　ばあさんゆずりだぞ……

畑からかえっては
めがねをかけて
まごを見ました。
ぬいものの手をやすめては
めがねをかけて
まごを見ました。

きんじょの
じいさんばあさん　あつめては
お茶をのみのみ
めがねをかけて
まごを見ました。

せんべい

コリコリ
コリコリ
おとうさんが　せんべいをかじっている。
あかんぼうは　その音をきいている。
しっかりと　目をあけてきいている。
どうだ、
いい音だろ。
うまいんだぞ。
はよ、
大きくなれ。
せんべい　くえるように　なれ。

たね

ちいさく　たたんだ
けいたいようの
いのちです。

寺

あんまさんがふたり
石だんをおりてくる。
若《わか》いあんまさんはなれた足どりで。
年をしたあんまさんは用心ぶかく。
くだりきったところで
ふたりはよりそって
タバコに火をつけた。

○

しりはしょりしたばあさんと、
しりはしょりしたじいさんと、
ベンチにすわって
おむすびをたべている。
こぼれおちるおまんまを
ハトが　ありがたげにひろっている。

○

おばさんが
身をかがめておいのりをしている。
その胸《むね》の中に男の子。

その手のひらの中にさらに小さな手。
いつまでも目をつぶっている。

考える

たまごをうまないとりは
コロサレル。
ちちをださないうしは
コロサレル。
そして、
まるまると　よくふとったぶたも――。

えんがわ

小さなざぶとんに
小さな祖母《そぼ》がすわっていた。

大きな父が
まえこごみになって
祖母の顔をそっていた。

小さな手を
きちんとひざの上にそろえて
まゆげもそっておくれ
と、祖母は目をばつぶった。

すすきのはっぱを
かむような音のして
二つのまゆげはきえた。

秋の日ざしは
祖母の影《かげ》をいっそう細くした。

子どもの神さま

子どもの神さまは　汗《あせ》をこぼしこぼし
ポタ　ポタ　ポタ　ポタ　ポタ
空をとんでおりました。
川は　山から海までつづいていました。
川という川には　人間の子どもたちが
かえるのようにとびこんだり
かじかのようにもぐりこんだり
していました。

町の川では
赤い旗を立てて、水泳大会をやっていました。
ぐる　ぐるぐるぐる　ぐる　ぐる
空をまわって　子どもの神さまは
チェッ　と、舌《した》をならしました。
——人間の子どもはいいな。
　すずしいだろうな。
——それにしても、
　なんとおよぎがへたなんだろう。

とうとうがまんができなくなりました。
ぷいと着物をぬぎました。

ドカン。
とびこみました。
その早いこと　早いこと。
ぐん　ぐん　ぐん　ぐん
ずっと　ずっと
ひきはなしています。
岸ではやんやのかっさいです。
だんぜん　だんぜん
一とうしょうです。
はげしい拍手《はくしゅ》の中に
どっさりの賞品を持って校長先生は待っています。

うれしいなあ。
胸《むね》はどきどき。
ぽいと　岸へとびあがったとき
ばくはつしました。
ものすごい　一〇〇〇のわらいが——。

子どもの神さまは知らなかった。
水泳パンツというものを。
そんなけちなもの
見たこともないさ。

カルテ

電車の中を
神さまが通っていかれた。
すがたもおみせにならず、
ただ、
人びとの手や、ふところや、ポケットの中に
小さなカルテを
はさんでいかれた。

あなたの　目は
ひなの　むくげで
おふきなさい。

あなたは
キンキラキンの　純白《じゅんぱく》の
入道雲を　たらふく
おたべなさい。

あなたは
インドの　ぞうの
はなうたを
おききなさい。

人びとは
だれもそのことにきづかなかった。

むぞうさに
てのひらを開いて
落としていった。

きづきのわるいおくさんの
せんだくせっけんに
とかされていった。

どんな音がすきですか

はい、先生。雪げたの音です。
キュッ、キュッ、キチキチッ
と、ないてね、
小鳥がとびだすんです。

はい。ぼくは、かなづちの音です。
トンカチ　トンカチ
箱ができます。
家がたちます。
かなづちの音は、働きものの音です。

わたしは、電信柱に耳をあてて
しぶとい音をきくのがすきです。
発電所にいるおとうさんから
ずっと　つづいてくる音なんです。

ぼくは、牛のなきごえがすきだ。
せつないときも、

おこったときも、
つかれたときも、
おんなじなんだ。
あくびのような　なき方なんだ。

わたしは、火の音がいいの。
かたい石炭を
もりもりとたべていく音。
それをきくと
おどりたくなるの。

青いキップ

1

少年は、青いキップをにぎっていた。
「午後三時、チヂロ川へいらっしゃい。」
青い服を着て、鈴《すず》を鳴らしてきたおじさんは、
少年の手をにぎりしめて、そういった。

2

長い長い道だった。熱い熱い道だった。

丘《おか》をのぼると、岸はすずしい風でした。

川は深くすんでいた。

「ここで、しばらく、おやすみなさい。」

赤い立てふだがささやいた。

3

少年は少女とならんで
岸の芝生《しばふ》にこしをおろして待っていた。
少女のかみは
白つめくさのにおいをさせていた。

4

川の水はますます深くすんで、小さな舟が
　紫《むらさき》の旗を立てて迎《むか》えにきた。
白いうわぎのおじさんが、だまって少年の
前に手をさし出した。少年は手を開いた。
ポケットをさぐった。芝生を分けても、
キップはなかった。

5

白いうわぎのおじさんは、少女のキップに
　ハサミをいれた。

「おさきに………」

舟は岸を離《はな》れた。

静かな音楽にはこばれていった。

6

少年は帰ってきた。
風は冷たくほほを流れた。
太いおとうさんの腕《うで》が
しっかりと少年を抱《だ》いていた。

海

すべての陸地が
すがたを消したとき。
水平線が
かすかな曲線をえがいて
空ととけ合うとき。
ぼくは、
船の先端《せんたん》に立って
しお風を
体いっぱいに
すいこんだ。

魚船が通る。
日やけした漁師《りょうし》たち――
「おうい。」と
声をかける。
その上げた手に
大きな魚が光る。
その船あしをすくうようにして、

黒い鳥の群《むれ》。
とぶ。
とぶ。
とぶ。

はまきをふかしながら
紳士《しんし》が近づいてくる。
「どうです。」
紳士は声をかける。
胸《むね》にさげた
双眼鏡《そうがんきょう》を
ほこらしげに
のぞく。
「やっぱり大きいですなあ。
　なんにも見えませんなあ。」
そして、ぼくにも
のぞいてごらんなさい　と。
なんにも見えんのに
何を見よというのだろうか。

「ぼくはねえ――」

紳士は、また話しかける。
「――ぼくはねえ、重いものをねえ、
すてにきたんですよ。この海へ。」
「重いもの？」
ぼくは思わずききかえした。
「そうですよ、
ひきずりとおしてきた
重いやっかいなやつですよ。
あっさりすてちまって
もう、せいせいですよ。
ハッハハハ………。」
なるほど
ぼくは、はじめて
うなずいた。

海は大きい。
そして深い。
かなしみや
おろかさを、
あるいは
にくしみや

いかりを、
この海に
すてていった人の
どんなに多かったことか。

海はだまって
すべてをのみこんだ。
そしてますます
大きくなってきたのだ。

あんずの花と牛車《うしぐるま》

あんずの村で
一ばん早くさきだすあんずの木
和太郎《わたろう》の家のあんずの木がそれです。
あんずの木の下を
いろんな人が通る。
くすりやさん、
おまわりさん、
みんな、あんずの花を
みあげていく。
あんずの木にのぼっている和太郎と
顔を合わせて
笑っていく。

キュウ、キュウ
きしんだ音の
牛車が通る。
和太郎は、どなった。
「ぎんさあー、にもつがおちるぞ！」

車が止まって
ぎんさが木の上を見た。
牛も、
太い首をもちあげた。
「そうかあ、あんがとうー。」
ぎんさは
和太郎のなげたあんずの枝《えだ》を
牛のつのにゆわえつけた。
キュウ、キュウ
車はのっそり動きだした。

道は町までつづいている。

春

春になったから
神さまは
ぼっこり　と
目をさましました。
でかいあくびをして
ぐうんとせのびをして
立ちあがりました。

なの花のさく
はたけの道は
ずっと
町へつづいています。
男の子が
ふろしきをこしにまいて
ぞうりをはいて
バタンコ　バタンコ
その道を歩いています。
バタンコ　バタンコ

バタン
バタ。

ぞうりの音がとまって
男の子は
空をみました。
右をみました。
左をみました。
そして
下をむきました。

神さまは
空をとびながら
〝春だからのう〟
と　いいました。
〝いそがしくなるわい〟
と　いいました。
〝どれ　どれ〟
と　いいました。

神さまは

男の子のうしろにまわって
あごをひいて
ウッフン
と　せきばらいをしました。

〝あっ、
思いだした。
ソースと
きゅうすと
もめんの糸だ〟
バタンコ　バタンコ
バタンコ　バタンコ
男の子は
また　歩きだしました。

村の有線放送

チチコン　チチコン
おたずねします。
ぶたの子　にがしたのだれですかい
火の見の下に　半ぼてかぶせてありますで
ちょっぴり見にきてくんなさい。
チチコン　チチコン
見にきてくんなさい。

チチコン　チチコン
おしらせします。
ぶつぶつもんくをいいながら
大川橋を　茶色のふろしきしょってくるぞい
おし売りかもしんねえ
きをつけてくんなさい。
チチコン　チチコン
きをつけてくんなさい。

チチコン　チチコン

おたずねします。
げたをはきちがえたの　だれですかい
山辺《やまべ》の新ちゃんこまっておるで
ようくしらべてくんなさい。
チチコン　チチコン
しらべてくんなさい。

チチコン　チチコン
おわびをします。
茶色のしまのふろしきは
高畑《たかばたけ》の兄さのよめごの　おやじさんじゃったで
とんだまちがい　かんべんさっしゃい。
チチコン　チチコン
かんべんさっしゃい。

チチコン　チチコン
およびだしします。
中道《なかみち》の正太郎さんおいでかい
二時からというたのに　四時になっとる
さっさと　会堂へ　おたのもしゃんす。
チチコン　チチコン

おたのもしゃんす。

空と少年

ひごいにまたがって
少年は空をみおろしていた。
〝どうもほこりっぽいね〟
ひごいはゴボンと咳《せき》ばらいをした。
〝かぜもまずくなったね〟
ひごいは空気を半分ほきだした。
〝予防注射《よぼうちゅうしゃ》でもせんと泳げやしない〟
ひごいはぐっと体をくねらせた。
ひごいはロケットに変ぼうした。

空へ　空へ
雲は完全殺菌《さっきん》のアイスクリームではなかった。
人間のにおいを付着していた。

空へ　空へ
地球はぐるぐると回転し
やがて星くずとなって消滅《しょうめつ》した。
しかし太陽は地球の影《かげ》を映《うつ》して

少年を威嚇《いかく》しつづけた。

空へ　空へ
ほんとの空へ
太陽はしだいに
××光年の
七等星となって
ついに消滅した。

遠い空の果てを
ひごいにまたがって
少年はゆうゆうと
人間を感じた。

山門

デデックックウ
デデックックウ
あつい　ひるさがり
がらんの　のき下にいれば
あくびが　ふくらんでくる
のみこむきがねも　いらないから
なお
のんびりと
体のそこから
ふくらんでくる
　お寺には　どうしてこうも
ハトがいるのかなあ

山門の下では
ばあさんが　いねむりをする
一羽のハトが
豆ざらを　ひっくりかえす
たちまち

数十の
ハトがむらがる

いねむりの中で
ばあさんは手をふる
まいあがった
ハトは
ばあさんの
手にのる
肩《かた》にのる
ばあさんは立ちひざになって
手をふる
肩をふる
手も肩もとしをとっているから
ついでに
豆ざらが
一つ　ひっくりかえる
ばあさんがあわてるから
さらに
三つ
四つ

ひっくりかえる
たちまち
数百の
ハトがむらがる
ばあさんはほんきだ
台からおりた
数百の
ハト
が
まいたつ！
　お寺には　どうしてこうも
　ハトがいるのかなあ

デデックックウ
デデックックウ
いつかばあさんが
いった
　そりゃ　かわええこったに
　ハトのおかげで商売してるだで
豆ざらに
あつまる

ハト
を
おいながら
ばあさんが
いった

　戦争中は一つのハトもいなくなったがのう
　いまじゃ何千羽だかにふいちまってのう
　えさにありつけねえのが六百もいるっちゅうだでのう
　豆さ買ってやっておくんなすってよう

デデックックウ
デデッククックウ
あついひるさがり
がらんの　のき下にいれば
体のそこから
あくびが　ふくらんでくる

犬といびき

犬にすかれる男がいた。
その男と
町を歩くと
きまって
小さいのが
二、三匹《びき》
いつのまにか
あとについてきている。
どこの小路《こうじ》から
出てくるものやら
そしらぬ顔で
男は歩いているのに
くんくんと鼻をならして
さも　なれなれしい目つきで
ついてくる。

ひるさがり
その男と

町はずれの
公園――といっても名ばかりの
　野っ原にすぎないが――
にでも行こうものなら
くるわ　くるわ
茶色のや黒いのや
毛のぬけてうすよごれたのや
おなかの大きいのやら
バイクにはねられて
片足《かたあし》ひきずっているのやら
生まれたての小さいのやら
ゆうに
十数匹は
あいさつにくる。

たべものを与《あた》えるではなし
口笛をふくでなし
ただベンチにすわっていて
体をすりつけてくるやつの
首のあたりを
ポンポンとたたいてやる

それくらいのことなのに。

やがて
ベンチにごろりと
横になって
ゴウゴウといびきをたてて
男は
ねむる。

そのいびきに
おいらはすべて
おまかせ申しそろ
と、
犬どもは
足をのばし
首をすくめて
目をつぶる。

ぼくは
男のいびきを
野っ原の

いちばんはしっこにのがれて
やっと
わずか
うとうととする。

石にも貝にも

■

むかし　むかし
遠いむかしのこと。

少年と少女が　おりました。

少年は
あったかい
山犬の毛皮を
少女におくりました。

少女は少年に
麻《あさ》であんで
木の実でそめた
赤い手甲《てこう》を
おくりました。

ある日、

少年は　山犬に
おそわれました。

かなしんだ少女は
山の湖の
小さな石になりました。

■

むかし　むかし
ほんのすこし　むかしのこと。
少年と少女がおりました。

少年は
長いてがみにそえて
戦場にさく白い花を
少女におくりました。

少女は少年に
ふるさとの山に
けさ　ひらいた
かたくりの花を

おくりました。

ある日、
少年は　敵《てき》の戦車に
おそわれました。

かなしんだ少女は
青い海の
小さな貝になりました。

■

むかしといっても
去年のこと。

少年と少女がおりました。

少年は工場から
自分が書いた
ガリバン刷りの
小さな詩集を
少女におくりました。

少女は少年に
ふるさとの山や空や
少年の母や弟をかいた
小さなスケッチブックを
おくりました。

ある日、
少年は　町のダンプカーに
おそわれました。

かなしんだ少女は
かなしみをだいたまま
石にも
貝にも
なれませんでした。

よる

どうしたことか
むしょうに　てがみを書きたいんだ。
気のあった
少しいばっているあいつに。
　おい、元気か。
　おれは元気だ。
　すごく気分がいいんだ――
と。

どうしたことか
むしょうに　てがみを書きたいんだ。
ねている父と
そこにすわっているであろう母に。
　ことしのササはどうですか。
　月があけたら赤ん坊《ぼう》をだいて
　ササもちたべにいきたいな――
と。

どうしたことか
むしょうに　てがみを書きたいんだ。
こっちはむこうを知っているが
むこうはこっちを知っていない人に。
　あなたの作品読みました。
　一回読んで目をつぶり
　二回読んで目をひらき
　三回読んで、しみじみと生きるよろこびつかみました――
と。

まだまだ　てがみを書きたくて
だれでもいいから　かたっぱし
じゃんじゃん名まえをならべたら
あんまり相手が多いので
じぶんにあてて書くのです。
　――どうだ、
　　まっとうに生きているか。
　　せいいっぱいに生きているか。

虫けら

ありごを飼《か》っていたはずの
この飼育《しいく》びん。
いつやら
ありごは一匹《ぴき》もいないで
こっそりと
はいりこんでいる
黒い虫けら。

どこからきたか
どこからわいたか
これら
虫。
　虫。
虫。虫。
　　虫。
虫。

もぞもぞと

せっかちに
左へ
左へ
はいまわるやつ。

のろのろと
重たそうに
腹《はら》をひきずって
右へ　右へ
よっていくやつ。

目をば
ニョッキとつきだして
ゴリゴリ耳をかきながら
なかまの目の色ばかり
うかがっているやつ。

あおむけに
ひっくりかえって
手足を空にむけて
口ばかり

もぐつかせているやつ。
むずかしそうに
すわりこみ
前あし組んで
きどった鼻つきで
考えこんでいるやつ。

小さな飼育びんの
よごれた砂地《すなじ》を
全宇宙《ぜんうちゅう》だと思いこんでいる
これら
虫。
　虫。虫。
　　虫。
虫。虫。

広い野っ原

もしもぼくに
広い野っ原があったなら
トンカチ　トンカチ
ぼくは、小さな学校を作りたいな。
屋根は赤く
壁《かべ》はみどりに
窓《まど》わくには
明るいクリーム色をぬって
トンカチ　トンカチ
ぼくは学校を建てたいな。

学校には
垣根《かきね》もいらない
門もいらない
野ぶどうの下をくぐったり
つゆ草に足をぬらしたり
きみたちは
どこからでも

すきなところから
集まってくるといい。

子どもなら
だれだっていい。
宿題のきらいな子
マンガばかり見ている子
つい忘《わす》れ物をしてしまう子
いじわるで、友だちにも先生にもきらわれている子
ぐずでなき虫で、ものの言えない子
そんな子どもが
よろこんで集まってくるといい。

学校ができかけたところで
先生をさがす。
子どものすきな
先生をさがす。
遊ぶことのすきな
先生をさがす。
おせじを言ったりしないけど
そばにいるだけで

うれしくなってくるような
先生をさがす。

たとえば、
パン屋の二階で間借りをしている
大村さん――
足はわるいが
かくれた町の科学者だ。
高い高いアンテナを立てて
宇宙《うちゅう》の電波を
カラーテレビに映《うつ》してくれるだろう。
きみたちはみな
宇宙のことばをおぼえるだろう。
　メイ　チュチュル
　バビュルホシュテン
　テュル　テュル
　チョワユゴーチェ………

書いてはやぶき
やぶいては書きするが
どこの雑誌《ざっし》にも

名まえののったことのない
詩人の山辺《やまべ》さん――
山辺さんは言うだろう
おお
すばらしき野っ原よ
このすばらしき野っ原のまん中に
まず、川をほり
池を作ろう
と。

池には
春も、夏も、
秋も、冬も、
たえまなく
雲が映るだろう。
池のフナたちは
そこで、かくれんぼをしたり
ときには、それを食べるだろう。
きみたちは
そのことを
めいめいのことばで

詩に書くだろう。

校長先生には
この町一ばんの知識人《ちしきじん》
小児科のヒゲの博士がいい。
博士は言うだろう
わしの調査《ちょうさ》では
1㎥の空気ちゅうに
病きんは、まったくのゼロじゃ
もはやだれも
ここでは病気になれんわい。
さらに博士は言うだろう
この学校の方針《ほうしん》は
どの子もみんな
太陽のもとで
のびのびと
せいいっぱいに
生きることだ
と。

そこへ

野球のすきな
炭屋の主人がとびだしてくるだろう
むろん体育の先生として。
太った体を
ゴムまりのようにはずませ
大きなホームランを
おもいっきり打つだろう。
きみたちはみな
体をまるくして
そのボールを追いかけるだろう。

音楽の先生には
牛乳配達《ぎゅうにゅうはいたつ》のノブ公がいい。
ノブ公の歌には
朝風のような
すがすがしさがある。
きみたちは
新しい歌　ゆかいな歌を
広い野っ原いっぱいに
ひびかせるだろう。
そして、

歌うことが、どんなに楽しいものであるかを
あらためて知るだろう。

小さな駅のキップきりを
なんと三十年もつづけられた小山さんだって、
去年、南極から帰った
若《わか》い地質学者菊地《きくち》さんだって、
いずれも、りっぱな先生だ。

ぼくの知らない
きみたちの町にも
きみたちのだいすきな人がおるだろう。
——あんな人が、ぼくの先生だったら——
そういう人はきっといる
きっといるから、さがして
ぼくに知らせてくれないか。

もしもぼくが
広い野っ原を手にいれたなら
水と空気の
たまらなくおいしい

広い野っ原を手にいれたなら
トンカチ　トンカチ
ほんとうに、子どものための
学校を建てるから
新聞のすみに
小さな広告をのせるから
きみたち
きっと見のがさずに
集まってきたまえ。

赤いわらぞうり

祖母《そぼ》は
わらぞうりをあんでいた。
足の間に
いいいい、
ぼんぐりとよばれる
小さなあんかをはさみこみ
黒いカクマキで
それをおおい
ぎっちり　ぎっちり
指さきをかたくして
わらぞうりをあんでいた。

そのころ、
きのうも
きょうも
雪はだまって
降《ふ》りつづいていた。
きのうも
きょうも

祖母はだまって
わらぞうりをあみつづけていた。
祖母がだまって
あみつづけるかぎり
ぼくは
三日にいっぺんずつ
わらをうたねばならなかった。
祖母は
二枚《まい》のむしろと一わのわらを
ひきずるようにして土間にはこんでくる。
ぼくは木づちをもってきて
そこにすわる。
大きな声で
でたらめな歌をうたいながら
トントンとわらをうつ。

ときには
祖母もわきにすわって
古い歌をうたったりした。
ぼくの木づちは
とぼとぼとした

祖母の歌の調子に
トントンとよく合った。

しなしなとして
やわらかくなった
わらをおさえて
祖母は
もういい
という。
そのわらをかかえて立ちあがりながら
ことしのわらは　いいわらだ
という。
そして　さらに
わらのできのいいときゃ
もみのできゃわるいしのう
といったりする。

祖母は
わらぞうりの一足一足に
みんなおなじ
くすんだ赤いはなおをつけた。

ときおり
指をおっては
むねでなにかをかぞえていた。
そしてまた
だまってあみつづけた。

ある日、
祖母は
ぼくをよんだ。
物おきいっぱいに
赤いはなおのわらぞうりが
ならんでいた。
みんなで九十八足あるといい
たのむでのう、村じゅう一けん一足ずつ
くばってきておくれやのう
という。
おら　おばばが　あんだで
春になったら　はいておくれやのう
そういって、くばっておくれやのう
という。

それから
幾日《いくにち》かの間。
ぼくは、赤いわらぞうりを
しまのふろしきにつつんで
くばり歩いた。
雪のもかもか
ふる中を
しなしなとした
わらぞうりのつつみをせおって歩くと
ほかほかと
からだじゅうがあったまって
祖母を
小さな祖母を
せおっているような気がした。

近いしんるいへは
その家族の数だけ
くばるようになっていた。
遠く家をはなれた
むすこや孫たちには
荷ふだをつけて

小包にして送った。

家の者には
祖母がじぶんで
一足ずつ
くばってくれた。
父は、
おばばのぞうりは　はきぐあいええで
こてらんねえぞ
シンもシノも
おばばのぞうりはえて
でっかくなったで
いまごろ　ぞうりだいて
子どものころのこと
おもいだしておるにな
といった。

祖母は
さいごの一足を
カクマキにつつみ
じぶんのために

のこしておいた。

春。
祖母は死んだ。
むすこや孫や
村の人たちが
いそいでかけつけてきた。
なかには
赤いはなおのわらぞうりを
つっかけてきた者もいた。

野辺《のべ》おくりの日。
この村では
わらぞうりをはくのが
ならわしであった。
じゃんぼん
じゃんぼん
そろいの赤いわらぞうりをはいた
九十七人の行列がつづいた。
火葬場《かそうば》にきて

人びとはみな
赤いわらぞうりをぬいだ。
わらぞうりは
棺《かん》のまわりにつまれた。
はだしになった人びとは
ただいつまでも
もえあがる火を
その赤い火を
じっとみつめて立っていた。

とぼとぼと歩きたい町

ひっそりと
雪にかくれた町でした。
古びたかんばんが
雪の上に立っている町でした。
雪はやんでも
空は重い灰色の町でした。

道を行く人びとはみな
とぼとぼと歩き
その話し声の
しゃわしゃわとひびく町でした。

どの店も
ほしいものなど
売っていそうもない町でした。
そしてまた
どの店も
ほしいものばかり

売っていそうな町でした。

この町のはずれで
小さな古本屋をみつけたのです。

その古本屋の
ほんのかたすみから
すばらしい本をみつけたのです。

それは
この町で生まれ
この町の雪の中にきえていった
名もない詩人の書いた
小さな本でした。

三十年もののむかしに
ほんのわずか出版《しゅっぱん》され
それっきり
だれもとりあげてはくれず
雪国のわびしさだけ
ただそれだけでいっぱいという

ぼくのほしい本でした。

その店は
おばあさんがひとり
こたつにあたっていたのです。
おばあさんは
めがねをかけて
ぼそりぼそりと
てがみを書いていたのです。

そしてぼくに
〝アイ〟という字は
どう書くのかのう
と聞くのです

〝アイ〟？
ぼくは首をかしげたが
えんぴつを受けとると
古新聞のすみに
〝愛〟と大きく書いたのです。

雪はだまって降《ふ》っていました。
わびしい詩人の書いた本の包を
胸《むね》にしっかりとだきながら
じぶんの書いた
〝愛〟という字を思いだしながら
とぼとぼと
静かな町を歩いたのです。

かんじきの歌

一

――飯山《いいやま》北部県ざかい地方
あすは北よりの風　雪ふりでしょう
あさっても　ひきつづき雪ふりでしょう
なお　今晩《こんばん》から明朝にかけては、
かなりの大雪となりますのでご注意ください。
くりかえして申しあげます。飯山北部県ざかい――

雪はだまって降《ふ》っている。
コトリともいわず。
障子《しょうじ》もふるわせず。
二メートル五〇？
三メートル　　？
少年は明朝の積雪量を予想してつぶやいた。
パパン　パチン
かんじきを打ちならして雪をはらい
いろりばたにつるした。

おなじとき
少女の家では
少女は赤いひもをぬっていた。
〝かんじきのひもかい？〞
〝うん〞
少女の母は
じぶんの娘《むすめ》のころを思いだして
少女の指の動きを
そっとみていた。

二

少年は
とうげまでの道を
ぎっちら　ぎっちら
ふみわけて行く。

うずもれた世界に
ただ一すじ
新しい道がひらけて進む。

とうげに立って
おうい。
おうい。
少年は手をあげた。
となりの村からも
ぎっちら　ぎっちら
ひとつの影《かげ》が
やってくる。

おうい。
おうい。
すんだ少女の声が近づいて
いま、
とうげで結ばれる。

少年と少女の
わらい声が
銀のすずをふるように
ひびいてくる。

『おふくろとじねんじょ』

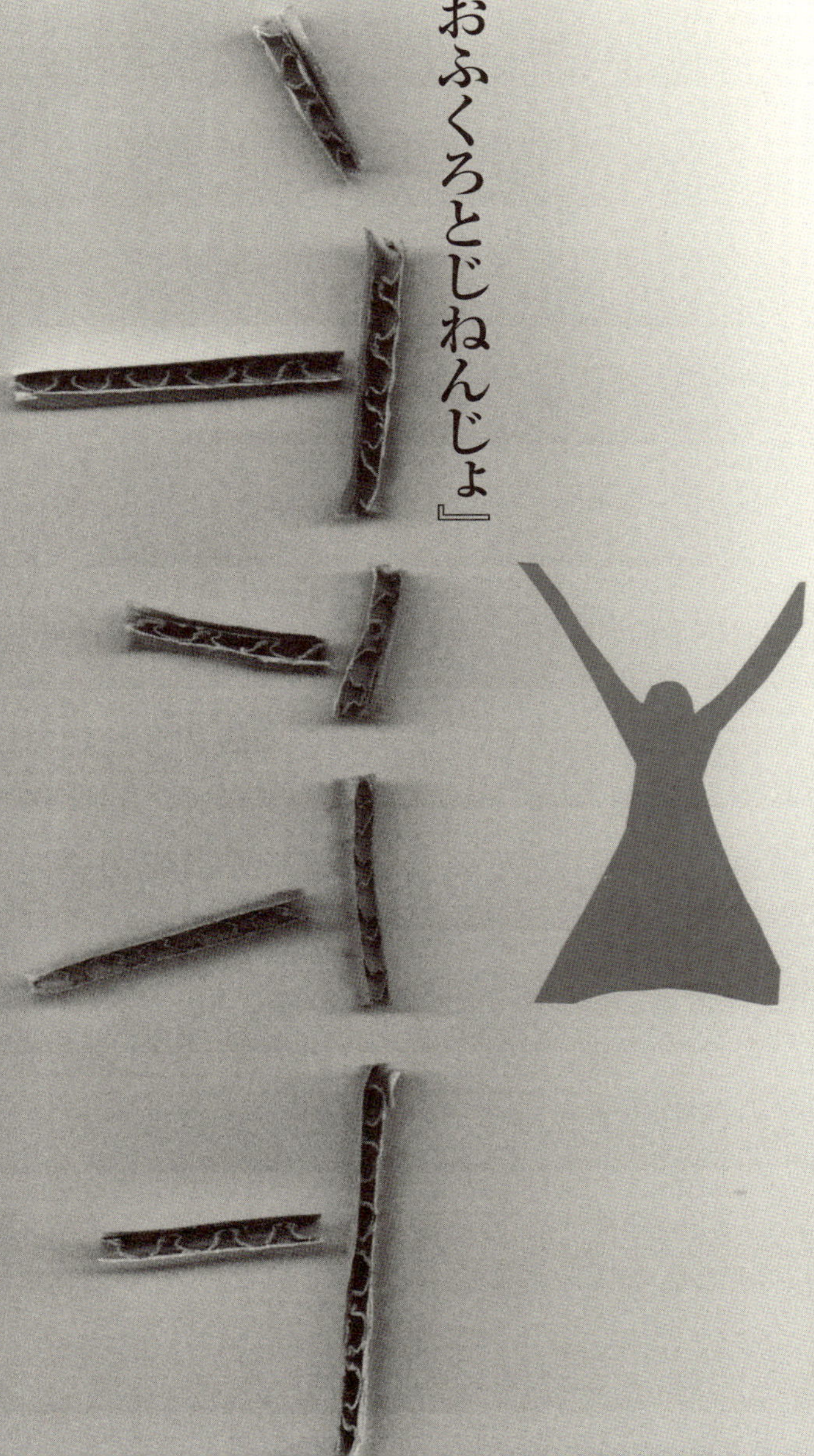

おふくろ

〝うらの畠《はたけ》の
なすの木よ
おまえなるきか
ならぬきか〟

これは、おふくろの子守うたです。

畠の道には
ペンペン草や
カヤツリ草が
ほけてしげっていたのです。

なすの畠は
ふつふつと
うすむらさきの
小さな花をつけていたのです。

わたしが大きくなると

弟をせおって、
弟が大きくなると
妹をせおって、
かぼそい声で
おふくろはこの歌をうたったのです。

あの、なすの畠は
いま、りんごの林にかわり
つややかな実を
枝《えだ》もたわわにつけているという。

その、
つぶらな実をながめながら
老いたおふくろは
まごをせおって
なんとうたっているのでしょうか。

じねんじょ

ふかふかと
雪のふる日は
　ろじろじ
　ろじろじ
ばあちゃんは
じねんじょをする。

昼のうちから
　ろじろじ
　ろじろじ
じねんじょをする。

うすぐらい
なやのすみに
ねんねこばんてんにくるまって
　ろじろじ
　ろじろじ
きながにきながに

じねんじょをする。
太郎《たろう》は
こたつにもぐっている。
　ろじろじ
　ろじろじ
その音を聞いている。
　ろじろじ
　ろじろじ
それは
きながなきながな
ばあちゃんの
おねんぶつ。

太郎は
大きくなりました。
たくましく
まゆもこい
船のりになりました。

ウェリントンの港でも

ペルシャの海の岬《みさき》でも
ろじろじ
ろじろじ
ばあちゃんのおねんぶつを
夢《ゆめ》にみました。
聞きました。

つつしみぶかい人になりました。

ほつほつと

おふくろを背負《せお》って
この雪空の下を
ほつほつと歩いて行きたいな。

ほつほつと
どこまでも歩いて行ったなら
雪のふらない村があるだろう。
さらに　ほつほつと
どこまでも歩いて行ったなら
日のあたる町に出るだろう。

町には公園がある。
公園にはサザンカが咲《さ》いている。
おふくろは冬に咲く花を
ふしぎそうに　じっとみつめる。

ゆるされるなら
その一輪を

おふくろの髪《かみ》にさしてやりたいな。

迎《むか》え盆《ぼん》

まごたちが
川のほとりで
麦わらをたきながら
歌うのです。

　じいやん　ござれ
　この火の　明りで
　ござあれ　ござれ

ばあやんは
この歌がすきでした。
にぎやかな気分になるのいと
ほそった手をさするのです。

そのばあやんも
ことしはまごたちの歌に
迎えられているのです。

ばあやん　ござれ
この火の　明りで
ござあれ　ござれ

夕やけ

妙高山《みょうこうさん》に
日がしずめば
まっかな夕やけです。

だっこしたまま
夕やけの空をみつめる
赤ちゃん。

ことばひとつもたないのに
どんなことばで
どんなことを
おもいつめているのだろう。

おびえ

赤ん坊《ぼう》が
泣いている。
ねむったままで
しゃくりあげて泣いている。
――なにかにおびえているのね
お母さんが
そのほおをさする。

おびえるって
どうして?
こわいことも知らんのに
なぜ?

ゆめをみているのよ
おじいやひいばあや
そのまたおばあやひいじいたちの
ずっと昔のこわいゆめをね。
とおい血につながる

あたらしいいのちですもの。

えんがわ

ほんのすこしむかし
あちこちのえんがわで
こんな対話がなされたのです。

雀《すずめ》をとるにゃのう
と、じいやんが話し出す。

右の手に
まんまのつぶをつけての
しょうじのやぶれから
ぬっと出してまっとれば
雀どもはおずおずやってきての
まんまのつぶをちょんとつつく。
ちったあ　もぞこいけん
つつきおわりゃあ
きょろっと
飛んでいきおる。

あしたになったら
左の手に
まんまのつぶをつけての
しょうじのやぶれから
ぬっと出しゃ
もう　おずおずしなんで
ぱあっとよってきよる。
ちょんちょん　ぱたぱた
ちったあ　もぞこいけんの
ちょっとこらえて
ひょいとつかみゃあ
ほい、
二つや三つ
ぞうさもねえ。

ははあんと、
こぶしをとじたりひらいたり、
いたずらぼうずがきいている。

星の話

月もないのに
ほんのりと明るいのは
雪あかりというのでしょうか。
星あかりというのでしょうか。
夜道を
母と娘《むすめ》が帰っていく。

〝冬の星では
オリオンがいちばんすき〟
娘は
たくましい物語を
こころにえがいていた。

〝三つ星さまでしょ
おばあちゃんは
冬がくると
いつも
おがんでおいでだった〟

母は
おさない日のことを
思いうかべていた。

〝おかあさんは
どの星がすき？〟
母と娘は
足をとめて
こおりついた空をあおいだ。
〝おかあさんのすきなのは
いとへん星よ〟
〝いとへん星？〟
〝そうよ。
ほら、テレビ塔《とう》のま上に
五つの星が
糸へんをつくって並《なら》んでいるでしょう〟
〝ああ、カシオペアね――
ほんと、糸へんそっくり。
だれがつけたのかしら
そんなかわいい名を〟
〝さあ……。

それはね、
子どものときの
おかあさんがつけたの〟
母のほほえんでいることを
そのやわらかな声がしめしていた。

〝そのころ学校で
「細い」という字を習ったの。
そのとき、
おかあさんを見て
みんなが笑うの。
なぜって、
おかあさんは
ほそっこ、ほそっことよばれていたから。
先生は、
細いという字は
糸へんでできている
糸のようにほそいからだ——
と、おっしゃった。
そのころの子どもは
みな、やせていたのよ。

食べるものがないのですもの。
おかあさんは
とくにやせていたのでしょうか。
そのことを
おばあちゃんに話すと
ほんに、かわいそうに
と、なみだぐむの。

お休みの日には
おばあちゃんにつれられて
いなかへ
おいもや、ごぼうの買出しにいくの。
秋もおわりのころかしら
帰りがおそくなって
いなかの駅のベンチで
ふるえながら
汽車を待っていたの。
星がきれいでした。
そして、
おかあさんは
糸へん星をみつけたのよ。

その星たちは
北の空に
やせたすがたで
ふるえていたわ。

そのことを
おばあちゃんには
お話できなかったの。
もうらしいのう
と、いって
おばあちゃんが
なきだすように思えたから〟

〝あの星をみると
いまも悲しい？〟
娘は
ほの白い母の顔をのぞくようにした。
〝いいえ、
いまは、美しいと思いますよ。
だって、
わたしたちはしあわせですもの〟

母と娘は
キチキチと
雪げたをならし
星の歌をうたいながら
歩きだした。

小さな汽車

谷あいを
小さな汽車がすすみます。

小さな汽車は
笑いと
話し声とでいっぱいです。

ああではなくて
こうですわ
そうです　そうです
同感です
ですからね
あれではねえ
ふんふんふん
そうね、ほほほほ……

窓《まど》から、そっと
チョウがはいってきました。

あみだなに羽をやすめ
おばさんのめがねのふちをかすめ
そっと、出ていきました。

後《あと》に
やさしい匂《にお》いがただよいました。

笑いも
話し声も
ふと、とだえました。

人々《ひとびと》は
ほんのひととき
めいめいのひとりにかえりました。

――兄は、草笛がすきだった。
　あす、戦《いくさ》に行くという晩《ばん》も
　ひとりで草笛をならしていた。

――カキの花が散っていた。

ばあちゃんちの黒い門のわきに。
女の子のようにそれを拾ったっけ。
――ぼくじゃない、と言っても
あの先生は
とうとうそれを信じてはくれなかった。

小さな汽車は
ポッポーと
汽笛《きてき》を三度ならしました。
小さなトンネルを
ぬけて出ました。

また、
にぎやかににぎやかに
小さな汽車は
谷あいをすすみます。

その人は

――塚原《つかはら》健二郎先生をしのぶ

その人は、
北風にむかって立つことが好きだった。
そして、
みんなのために春をよんでいた。

その人は、
自分の力だけを信じて堂々《どうどう》と歩いた。
そして、
心のうちははげしく母さんに甘《あま》えていた。

その人は、
大きな心で世界のことを思っていた。
そして、
ふるさとの小さな村をなつかしんでいた。

その人は、
草の芽の新しいいのちに心をよせていた。
そして、

あすを知るために古い書物を愛していた。

虫がいる

〝あの子が悪いのではない〟
と、牧師《ぼくし》さんが言った。
〝あの子には虫がいる〟
と、牧師さんが笑った。
〝その虫がすかない〟
と女が言った。
〝虫のいどころが悪いんじゃ〟
と、男が言った。

わたしは
その子を知らないけれど
追い出せない虫に
泣いてばかりいた
少年の日を思った。

へそ

〝へそに力をいれよ〟
と、先生はいう。
なるほど
へそは、ずしりと重くなる。

〝へそを向けて対話せよ〟
と、先生はいう。
なるほど
へそから、相手のこころがひびく。

〝へそのことを考えよ〟
と、先生はいう。
なるほど
へそは、近くにありながら
へんになつかしさをやどしている。

声

ぎゅうぎゅうの
朝の電車で
　やあ、野村君！
と、なつかしげに声をかけられる。

夕ばえの美しい
橋のたもとで
　まあ、草川先生！
と、やさしい声をかけられる。

ぼくとにている
いや、ぼくがにているという
野村君とは、どんな男だろうか。
草川先生って、どんな人だろうか。
会ってみたいなあ。

大きな手

おもしろくないことつづきで
せかせかと
ホームの階段《かいだん》を
かけのぼっていった。
と、思いがけず
やあ!
と、肩《かた》をたたかれ
つぎに
ぎゅっと、
手をにぎられた。

めずらしいですなあ。
まったくもって、あのころは
ゆかいでしたなあ。
まあ、しっかりやりやりましょうや。

やつぎばやにことばをかけて
また、

ぽんと肩をたたいて
せわしげに男はくだっていった。
大きな手だった。
まるでグローブのような手だった。

はて、誰《だれ》だったろう。
電車にとびのっても
はて、誰だったろう――

おさななじみだろうか。
学生時代の友人だろうか。
どこかの町で近くに住んだ人だろうか。

思いめぐらすうちに
子どものころの
ゆかいだったことや
とっくにねむりかけていた
あの日この日のよろこびが
つぎつぎとよみがえってきて
電車をおりるころには

少年のようにはればれとして
ゆったりと
胸《むね》をはって歩いた。

イソップ

どれいの家に生まれたあなた。

銀貨三枚《まい》でも
ひきとりてのなかった
せむしのあなた。

かかしのかわりにもと
買われていった
どもりのあなた。

ぶたれても
けられても
あざけられても
あなたはじっとたえていたが
人の心のやさしさを
人の心のおろかさを
人の心のこざかしさを
みつめつづけていたんだね。

夏のひるさがりの夢《ゆめ》のなか
かたく結ばれていたあなたの舌《した》を
女神《めがみ》がときほぐしたその日から
あなたのことばはほとばしり出た。

よわきもの
まずしきものの
胸《むね》のすくような
こころよいことば——
つよきもの
おごれるものの
耳にはいたい
するどいことば——

人びとは
あなたのことばをおそれ
あなたのことばにおののきながらも
あなたのことばにすがるようになった。

王者たちは

どの国よりも強くなるために
あなたを召《め》しかかえようと
きそい合った。

名誉《めいよ》にも
財宝《ざいほう》にもふりむかないあなたは
せむしのすがたでよろよろと
風と雲に身をまかせ
あるがままに
流れていった。

人の世で
最上のものはことば
最悪のものもことば
あなたにとって
ことばこそすべてであった。
ことばを守って
だんがいからけおとされ
あなたはいたいたしく海にきえた。

いのちをかけて叫《さけ》びつづけたあなたのことばに

人びとは
きのうも
きょうも
あすも
さもしい心をはじらいながら
耳をかたむけつづけている。

海辺《うみべ》

もじゃりひげの
大きな男
大きな海辺を
大またで
　うんばるし
　うんばるし

もじゃりひげの
大きな男
小さな貝を
さがしあて
　おお　ああ
でかいてのひらに
そっとのせ
　おお　ああ

小さな貝は
うたったと

大きな男の
てのひらで

　空と海との
　とけ合うかなた
　それより遠い
　むかしから
　あなたのおいでを
　まってたの――

もじゃりひげの
大きな男
小さな貝を
にぎりしめ
　おお　ああ
でかいまなこを
ほそめにほそめ
　おお　ああ

もじゃりひげの
大きな男

大きな海辺を
大またで
うんばるし
おお　ああ
うんばるし
おお　ああ

かめ

むかし
かめは　おしゃべりだった。

そのころ
鳥や虫も
かめのおしゃべりに
あいづちうって聞いていた。

年がたつにつれ
鳥たちも
かめのおしゃべりに
たいくつしはじめた。

おしゃべりずきのかめは
あたらしい聞きてをさがして
旅に出た。

山こえ。

野こえ。

けものも魚《うお》も
かめを見ると
うるさいやつがきた
と、すがたをかくした。

だあれも聞いてくれない。

ひとりになったかめは
山のてっぺんにきて
大声にわめきたてた。
だれかれかまわず
名をあげて
かげ口わる口　しゃべりたてた。

しゃべりたてると
首をひっこめ
ぐうすかとねむった。
いびきのあいまに
つい、うっかり

神さまのわる口をいっちゃった。

神さまも
はらにすえかねて
〝かめは　一万年
口をきいてはならぬ〟
と、おつげになった。

かめは
きょうもむっつりしている。
かめは
あすもだまりこくっている。

しゃべりたいのを
じっと、せなかで
こらえているから
こうらがだんだんかたくなる。

こうらもとけるほど
ああ、
はげしくしゃべりたい。

かめは
その日をまっている。

むかしむかし大きな川が

1

むかしむかし
大きな川が流れていた。

ひがしの岸に
やまなしの木がしげっていた。
つぼをだいた少女が
うれたやまなしの実をみあげていた。

風がふくと
くずの葉のしげみは
しろじろとわらい
少女のかみも流れた。

少女は
やまなしの実に手をのばし
足をつまだて
　ぴょんぴょ

ぴょんぴょ
とはねた。が、
ゆび先が枝《えだ》にふれただけ
くずのしげみにぽろんとたおれた。

むかいの岸で
弓と矢をたずさえた少年が
　おっほうい
とわらった。

2

むかしむかし
大きな川が流れていた。

にしの岸に
くすの木が立っていた。
弓と矢をたずさえた少年が
くすの木のてっぺんをにらんでいた。
　つつい　つつい
くすの木のてっぺんで
かし鳥がないた。

少年は
弓に矢をつがえ
ききりききりと引きしぼった。
風もないのに
少年のまゆ毛がふるえた。

弓づるがびょうとひびいて
矢は雲をこえてとんだ。が、
　つつい　つつい
かし鳥は
わをえがきながら川をこえて
やまなしの木にとまった。

やまなしの木の下で
つぼをだいた少女が
　ほっほほい
とわらった。

3

むかしむかし

大きな川が流れていた。
川をはさんで
少年が叫《さけ》んだ。
　おっほうい
少女が手をふってこたえた。
　ほっほほい
少年と少女は
いつまでもわらいかわしていた。

アシの葉の舟《ふね》

北の海は、はげしくうなっていました。浜《はま》辺《べ》に女が立っていました。髪《かみ》をみだして立っていました。じっと海のかなたをみつめたまま、両手を胸《むね》に合わせて祈《いの》りをささげていました。黒い鳥が二羽三羽、ふりみだした髪の近くをとびかいました。

長いときがたちました。女は、とつぜん、のどをふるわせてかん高い叫《さけ》びをあげました。海はうなりをやめました。波と風は、やわらかな歌をうたいはじめました。アシの葉であんだ小さな舟《ふね》が、浜に近づいてきました。女は目をほそめ、その舟を待ちました。そのとき、岩かげから声がしました。

かあさん！

すあしの少女が女を呼《よ》びました。女はふり向きもせず、アシの葉の舟にのりました。舟はしずかに海に消えました。

かあさん！　かあさん！

少女は浜にきて、母の姿《すがた》をもとめました。浜辺をさまよいつづけました。さまよいながら、少女はあかね色の小石を拾いあげました。

「ああ、かあさんは石になったの！」

少女は石をだいて、つめたい足をひきずって、かやぶきの小屋にもどりました。

風さわぐ小屋の中で、少女はひざをだいてうずくまっていました。よたかが鳴いて夜《よ》はふけていきました。コトコトと、だれかが小屋の戸をたたきました。

「火をください」

少年の声がしました。少女はものうく思いました。かあさんもいないのに、火のあろうはずもないでしょう——少女は、はらだたしくさえ思いました。

「火をください」

ふたたび少年の声がしました。少女はひざに顔をうめたまま、「火はありませんの」と答えました。

「いいえ、明るい光がもれています」

少女はやっと目をあげました。その目に、まぶしいほどの火を見ました。

「ああ、かあさんは火になったの！」

少女は声をあげ、小屋の戸を開いて少年をさそいいれました。

「山を三つもこえて、やっと手にした火だ。すばらしい火だ」

少年は少女に、みず色にすんだ首かざりをおくりました。


それから何年たったろう。北の海は、はげしくうなっていました。浜辺に女が立っていました。みだれた髪の下に、みず色にすんだ首かざりがゆれていました。女は、祈りつづける耳の底に、海のはてからの声を聞きました。母のまねく声でした。夫《おっと》のまねく声でした。黒い鳥が二羽三羽、ふりみだした髪《かみ》の近くをとびかいました。女は、とつぜん、のどをふるわせてかん高い叫《さけ》びをあげました。

海はうなりをやめてしずまりかえりました。アシの葉の小さな舟が近づいてきました。女はそのとき、むすめの声を背《せ》にかすかに感じました。
かあさん！

笛

1

少年は石をみがく。
コブシの花の開きかけたころから
大きなシラカシのねにうずくまり
ジラジラと
音をたてて
石をみがく。

シラカシのかげから
少女がのぞく。
少年は、しらんふりして
ジラジラと
石をみがく。

　そのころから
　空では
　とびが
わをかくようになった。

少女は
ホオの葉にくんだ水をさしだしながら
〝なにをつくるの〟
と、いった。

少年は
ホオの葉の水をのみほしてから
〝おの、
　大きなおのさ〟
と、いった。

2

少年は石をみがく
やわらかに穂《ほ》をたれた。
大きなクリの木の下で
ジラジラと
音をたてて
石をみがく。

クリの木《こ》かげから

少女がのぞく。
少年は、しらんふりして
ジラジラと
石をみがく。

そのころから
かわせみが
川のうおを
ねらうようになった。

少女は
やまももの実をさしだしながら
〝大きなおのは、まだ？〟
と、いった。

少年は
やまももの実を口にしながら
〝おのは、やめた。
玉をつくる〟
と、いった。

〝玉!
まる玉?
ひら玉?〟
少女の目はかがやいた。
〝たくさんつくる。
たくさんつくって
糸でつなげる〟
〝まあ!
くびかざり〟
少女は、ほおをそめ
両手を胸《むね》にかきそえて
よろこびを表わした。

3

少年は石をみがく。
大きなムクの木の下で
ジラジラと
音をたてて
石をみがく。

ムクの木かげから

少女がのぞく。
少年は、しらんふりして
ジラジラと
石をみがく。

　そのころから
　ムクの木《こ》の実を
　むくどりが
　ついばむようになった。

少女は
両手いっぱいに
ムクの実をひろい集めて
少年にさし出しながらいった。
〝玉は、まだ？〟

少年は、なおしらんふりして
ジラジラと石をみがく。
少女は、両手をもじもじさせながら
〝玉は、いくつできて〟
と、きいた。

とつぜん、
少年の手が
少女の手をはらいのけた。
ちいさなムクの実が
いちめんに散った。
〝そんなもの、しらん
できんのだよ
おのだって
玉だって
ジラジラとみがけば
だんだんとちびていくだけさ
なんにもできんのさ〟
少女は、ほおをかくして
うしろも見ずに
去っていった。

4

少女が去って
ムクの実のあまさに
少年は目をはらした。

少年は
できそこないの
ちびたまる玉を
カリカリとかんで
ほきだした。

そのとき
石がなった。
――ちるる。

少年は、ふたたび
石を口にして
ちるる。
と、ふいた。

ちるる。
ちるる。
と、石がなった。

ちるる。

ちるる。
と、ならしながら
ムクの木を去って、
少年は、かえってこなかった。

竜《りゅう》は生きている

1

むかしむかし、大むかし
山にかこまれて
大きな湖があった。
湖のまわりには
ブナやミズナラの大木がしげり
湖の底には
金銀のうろこを光らせて
大きな竜がねむっていた。
ビョウビョウと
かすかないびきをたてて
ねむっていた。

千年たち
また千年たち
湖の底で
竜はひげをふるわせた。
竜はどろんと目をさました。

どるん
どるん
竜のうなりは
だんだんはげしくなってきた。

湖のおもては波だち
まわりの山々《やまやま》もゆらぐほどに
うなりをたてて
いま、太陽ののぼろうとするとき
かたい岩をやぶって
ごうごうごうごう
竜は北の海へと流れくだった。
竜の走ったあとに
大きな川が生まれた。

2

むかし、むかし
山をめぐって
川は流れていた。
その川の川上に
小さな村があった。

山かげに
かぞえるほどの小屋がよりそい
にわとりの声もしていた。
人々《ひとびと》は
マメやソバや
キビやアワなどを作っていた。

春がくれば
サケやマスの群《む》れがさかのぼり
村人たちは
あみを打ち
もりを投げ
大きな魚《うお》をいとめていた。

夏がくれば
木を切り
いかだを組み
日に照らされながら
しぶきをあげて
町へ町へと流れくだった。

3

それから何百年
村に小さな学校ができた。
開校式の日
家々《いえいえ》の門《かど》に日の丸が立ち
日の丸の影《かげ》は川の流れに映《は》え
村は晴れやかな喜びにつつまれた。
庄屋《しょうや》さんが
はかまをつけて
ひげつけて
学校の先生になった。

子どもたちは
石板《せきばん》にたどたどしい文字で
ハト
マメ
マス
と、書いては消し
消しては書いた。
そして
川原に出ては

急流をカジカのように
泳ぎまわった。

五十年たち
百年たちして
村からは
名をあげた幾人《いくにん》もの人が生まれ出た。
大工《だいく》や左官《さかん》や酒づくり
詩人や画家やピアニスト
彼《かれ》らは
久《ひさ》しぶりに村にもどると
学校にまねかれて
子どもたちに語った。
ふるさとの心の美しさを——
ふるさとの川の美しさを——

4

ずっとくだって
ほんの十年むかしのこと。
めがねをかけて
ゲートルまいて

地図を片手《かたて》の
太っちょの男が
山と山　谷と谷とを
めぐり歩いていた。

彼は
この村で生まれた技師《ぎし》だった。
川をつたって
山と谷をめぐりながら
少年の日に聞いた物語を忘《わす》れることができなかった。
――むかしむかし
　山と山との重なり合ったこの地に
満々《まんまん》とした湖があり
湖の底には
大きな竜が住んでいて
ものさびしい音が
ビョウビョウと
山々《やまやま》にまでひびいたという

彼は
ふるさとのこの地に

ダムを作ろうと考えていた。
巨大《きょだい》で美しいダムを
そのダムの底には
ビョウビョウとひげをふるわせる
新しい竜をすえようと。
5

そしていま
山と山にかこまれて
遠いむかしのすがたそのままに
大きな湖が生まれた。
ブナやミズナラや
トチやクルミの木々《きぎ》に見えかくれして
一すじの道路もめぐらされ
さわやかな歌声をひびかせて
少女の群れが通る。
湖では
日やけした若者《わかもの》が
えい！
と、投《と》あみをぶった。

湖の底では
生まれかわった竜が
なお、
ビョウビョウと
生きつづけている。

黄色いチョウ

おとうさんにだかれたまま
病院にはこばれる女の子が言った。

わたしはチョウになりたい。
車にはねられるのは、いや！
子どもはみんな
黄色いチョウになるといい――

女の子は朝になって目をとじた。

その日から
この国に黄色いチョウが多くなった。
いちにち、いちにち
多くなった。

チョウになった子どもたちは
町から遠い
山里のアンズの花のまわりに

ほそいくだをのばして
けさも、
すっぱいみつをすっている。

ぐずぐ

1

二十三夜《や》の月は
おそい月です。
いまやっと
谷あいの村を
てらしはじめました。

ほほよろ
ほほよろ
と、なくのは
ひのとりのひなでしょう。

ちろちろと
まつの枝《えだ》に
ろうそくをともし
小さなむしろにすわっているのは
ぐずぐです。

いつのころからか
どこからともなくやってきて
庚申《こうしん》さまの近くに
小屋を立ててすみ、
月のおそい
二十三夜には
蜜《みつ》をねりあげて
ろうそくを作るのです。

2

ぐずぐは
蜜蜂《みつばち》を飼《か》っていました。
大きなつぼには
いつも
あまい蜜がひたひたと
あふれていたのです。
谷の村に生まれた赤ん坊《ぼう》は
みな、
この蜜をすって育ったのです。

病人は
その蜜を口にして
その病気をなおしましたし
けが人は
その蜜をきずにぬって
そのけがをなおしたのです。

ほしい人があれば
だれかれの別なく
その蜜をわけてあげ
村人はだれも
ほしいときに
ほしいだけの蜜を
もらっていくのです。

いらないときに
ほしがったり
すこしでもよけいにと
ほしがったり
だれひとりとして
そんな気持ちをもたないのです。

3

ぐずぐは
月のおそい
二十三夜には
蜜をねりあげて
ろうそくを作るのです。
せっせと
作るのです。
そして、
夜のうちに
そっと配ってあるくのです。
かしの葉につつんで
家々《いえいえ》ののきさきに
そっとつるしておくのです。

そのろうそくは
青く美しく
ちろちろともえるばかりでなく
ほんのりとした
においをながすのです。

人々《ひとびと》はみな
そのろうそくを思い
夜をまつようにさえなりました。

家に火がともり
みなが集まって
ちろちろともえる
その火をみつめ合うとき
だまっていても
しあわせでした。

老人は
しずかに、
少年は
いきいきと、
少女は
ほほえみかけるように、
その火をみつめているのです。
母は
山畑《やまはた》の豆のできを父にたずね

父は
まるで上々《じょうじょう》だ
と、答えるのです。

4

ぐずぐは
しの笛をふくのです。
その音《ね》は
月の光のように
おだやかに
おだやかに
谷あいの村を
つつむのです。

しの笛の音の
流れてくると
家々のともしびは
おやすみなんしょ
と、消えていくのです。

しの笛の音は

なおも夜の谷あいにひびいて
村人を
山の小さな動物たちを
そして
森や林までをも
やすらかな眠《ねむ》りにさそうのです。

ぐずぐは
まつの枝に
ろうそくをともし
小さなむしろにすわって
しの笛をふいて夜をまもるのです。

この世で
いちばんすばらしいものは
夢《ゆめ》にきく
しの笛の音。
夢で
なつかしい人に会え
わかれた人と話せるのも
しの笛のおかげしよ。

と、村人は思っていたのです。

5

おだやかな夜にまもられた
谷あいの村は
いつも
みちたりた
新しい朝をむかえ
しょぼしょぼした
小さな心の人はいないのです。
人々は
せいをだしてよう働きました。

若《わか》ものは
かん高い声で歌いながら
木をきりだし、
むすめたちは
ひばりのように
はしゃぎ合いながら
そばの花に土をよせるのでした。

6

ある日
とつぜん。
ほんとに
とつぜん。
谷川の上流で
ダム建設《けんせつ》の工事がはじまりました。
村人はおどろきました。
電燈《でんとう》がつきますよ
と、きいておどろき。
テレビがみられますよ
と、きいておどろき。
ここは日本のチベットですよ
と、きいておどろき。

おらたちの
夜を
おらたちの
夢を
おらたちの
朝を

そうだ
おらたちの村をまもろう。
人々は手に手に
ろうそくをともして
庚申《こうしん》さまの辻《つじ》に
集まりました。

その夜、
ぐずぐは
谷あいの村から
すがたをけしました。

7

やがて、
谷あいの村に
電燈がかがやき
テレビのアンテナが
家々の屋根に立ちました。

8

いまでも村人たちは

月の出のおそい
二十三夜になると
ぐずぐのことを思うのです。
どこにどうしているだろう
どこかのチベットで
ちろちろと
青くその火をともしているだろうか、と――。

ヒコとヒメ

1

とおいむかし
ルタナの神が
空のはてから
地上をみおろし
おもしろいのう
かわいいのう
と、つぶやかれた。

ちいさな
ちいさな
はだかんぼ
二本の足で
とことこ歩き
えだをゆすって
ナシの実をおとし
キャッキャッと
わらっている。

谷川のほうにも
ひとりいて
さかなをすくっては
クックッと
わらっている。

地上に
ふいとあらわれた
あれが
ニンゲンという生きものか
おもしろいのう。
かわいいのう。

ナシをかかえた
はだかんぼ
さかなをつかんだ
はだかんぼ
ふたりは
ミズナラの木の下で
出会った。

はだかんぼが
ほえている。
はだかんぼが
うなっている。
はだかんぼと
はだかんぼの
けんか――

ははあん
ニンゲンは
まだ、ことばを知らんのじゃ
どれどれ……

2

ルタナの神は
地上をみおろし
ほほうん
と、うなずかれた。

ちいさな

はだかんぼが
立ったり
かがんだりして
のいちごをつんでいる。

ちいさな
はだかんぼが
じゃぶじゃぶ
谷川で
さかなをすくっている。

のいちごをかかえて
ミズナラの木の下へ。
さかなをつるして
ミズナラの木の下へ。

ミズナラの木の下で
はだかんぼと
はだかんぼ
——ヒコは、ヒメがすき
　　ヒメも　ヒコがすき

ふたりは
みつめ合い
わらった。

3

暗いよる
ルタナの神は
地上をみおろし
こまったのう
と、つぶやかれた。

森の中を
オオカミのむれが
うろちょろしている。

岩のかげに
ヒメがねむっていて
そのかたわらに
きりっと目をひらいた
ヒコがいる。

森で
オオカミが
ウオーッ
ヒコの耳が
ぴりっと動く。

オオカミが
キバをむいて
そろりそろり
近づいてくる。

ヒコは
石のつぶてをにぎって
立った。

ヒコは
はだかんぼ
ヒメも
はだかんぼ
よわいよわい

はだかんぼ。

そうだ、
火だ！
あのはだかんぼに
火をやろう。

4

ルタナの神は
地上をみおろして
ふふん
と、おわらいになった。

谷川をじゃぶじゃぶ
ヒコは
さかなをすくっている。
すくったさかなを
岸にむけて
ぽい！
岸では
山犬の子が

尾《お》をふって
もっともっとと
せがんでいる。

ヒコは
岸にあがった。
プイプイと
口ぶえふいて
歩きだした。

小さな山犬も
尾をふって
ついていく。

ヒメが
ムクの実をもぐもぐさせ
ミズナラの木の下でまっていた。
——あれ、かわいい犬ね。
——うん、ついてきたんだ。
——なかよしになれたのね。
——うん。

5

暗いよる
ルタナの神は
地上をみおろして
かしこいやつじゃ
と、つぶやかれた。

岩屋《いわや》の前に
火が
あかあかともえ
ヒコも
ヒメも
ねむっている。
ヒメのむねに
ちっちゃな赤んぼう——
そして、
火のかたわらに
たくましい犬。

ところが、

森では
目をぎらつかせた
オオカミどもが
うそうそと
動きまわっている。

月がかたむいてきた。
ほのおも
しだいに小さくなっていく。
オオカミどもは
その火の消えるのを
まっているのだ。

一歩、
二歩、
オオカミどもが
近づいてくる。
これ、
ヒコや
ヒメや
目をさませ！

そのとき、
たくましい犬が
むっくとこしをあげ
ウッワン――
ウッワン――
ヒコが
がばとはねおき
ばりばりとえだを折って
火になげこんだ。

岩屋は
あかあかとうつしだされ
ヒメのむねで
赤んぼうが
チュッと
おっぱいをすった。

ちぇっ、
オオカミどもは
したうちし

森にひきかえしていった。

ちっちゃな
二本足の
はだかんぼよ
おまえたちは
きっと
しあわせな
あすをつくるだろう。

ルタナの神は
ゆっくりと
うなずきなさって
空のはてから
さらに
とおい空へと
たびだっていかれた。

6

あれから
何十万年――

お年をめされた
ルタナの神が
つい、きのう
この空に
おいでになった。

ルタナの神は
地上をみおろされ
しわくちゃのまぶたを
ぽちぽちなさった。

見えんのう
ぽちぽち
見えんのう
ぽちぽち
いやはや
年老いたのかのう。

地球の空は
スモッグに
おおわれている。

森よ
谷よ
ヒメよ
ヒコよ
ルタナの神は
すきとおる雲を走らせ
東へ
西へ

いたぞいたぞ
深い谷を
二本の足で
とことこ歩いている
あれは、ヒメじゃ。

ビルにはさまれた
アスファルトの道
少女が歩いている。

やっ、

足のない
けもののむれ――
つっぱしってくる
ほえている。

シグナルが鳴って
車のこうずい
はげしいクラクション。

ひどい！
でかいけものが
鼻づらで
ヒメをつきとばし
くっちまった。

少女が
ダンプカーに
はねられた。

ヒコはどこじゃ、
ヒメが

おそわれたというのに——
ルタナの神は
雲を走らせ
南へ
北へ

ほっ、
あの海べに
ヒコがいる
なにをぼんやりしとるんじゃろ
さかなすくいがすきなのに
はよ、
じゃぼじゃぼやれ。

　少年が
　海をみつめて
　深いためいきを
　もらした。

はて、
この海はどうしたのだろう

くさったはらわたみたいに
どろんとして
くさいくさい――
ルタナの神は
鼻を
おつまみになった。

　ねっとりとした
　ヘドロの海。

あのさわぎは？
だんだん
海べにやってくる
ニンゲンの群《む》れだ
泣いているのか
ほえているのか

　漁民《ぎょみん》たち
　オンネンの
　のぼりを立て
　海をかえせ！

いのちをかえせ！
とさけんでいる。

ニンゲンは
ことばも忘《わす》れ
火も消してしまったのだろうか——

ややや、
火のにおいだ
大きな火じゃ
地上を
おおいつくす火じゃ
もむもむ
もむもむ
黒いけむりが
わきおこる。
わきおこる。

ごぼん
ごぼん
目がしみる

のどがいたむ
手がしびれ
足もふるえる。

一九七×年×月×日
×××海において
核実験《かくじっけん》

ルタナの神は
しわくちゃのまぶたを
しょぼつかせ
しょぼつかせ
ごぼごぼと
のどをしゃがつかせ
しゃがつかせ
とおい空へと
去っていかれた。

『りんろろん』

生まれる

ずいっ　ずいっ　ずずずっ
ちょん！
ぷりっ　ぷりっ　ぷりぷりっ
ぷっくん！
ごぼっ　ごほっ　ごぼごぼっ
とん！
るいっ　るいっ　るるるるっ
ぽん！

はじめのはじめ

はじめのはじめ
にんげんは　なんというたのかな。
ながあくながく
あ――――
きもちよさそに
あ――――

それとも
はっ！　とおどろき
はっ、はっ、はっ、て
さけんだのかな。
どっちか　わかんないけど
よかったな、
にんげんになれて。

おとなりの赤ちゃん

そうっと　そっと
おとなりの赤ちゃん見に行った。
そうっと　そっと
目をさまさぬように。

おとなりの赤ちゃん
ねむっていなかった。
ぼたんのかおりにつつまれて
くちびるを
とんがらかしたりへこましたり。

おとなりの赤ちゃん
ぼくがのぞいても
どこか遠く遠くを
生まれる前のふるさとを
そうっと　そっと
なつかしんでいるみたい。

どうしてかなあ
赤ちゃんのそばにいると
やさしいけしきに
そうっと　そっと
つつみこまれていくような。

おとなりの赤ちゃん
あの世からきたばかり
あの世のふしぎが
やさしさとなって
そうっと　そっと
ぼくをつつんでくれるのか。

くさむら

よもぎや
かたばみや
いたどりを
ふみわけたのは
おんなの子かな
おとこの子かな
ちっちゃなくつあと。

おや、
くさむらに
ごむまりが一つ。
そうか　そうだったか
ちっちゃなくつは
ごむまりをさがしていたんだね。

さがしにさがし
さがしあぐねて
ふりかえりふりかえり

かえっていったのか。

ごむまりは
じっとまっている。
その子の
やわらかな
てのひらを。

街《まち》の人びと

どの顔も
どの足も
せかせかと
改札口へ
せかせかと
ただ、せかせかと
改札口をすりぬけて
せかせかと
どこへ向かって
急ぐのか

どの顔も
どの足も
いまだけが
いちばん大事であるかのように
ただ、せかせかと
せかせかと

ふるさとでは
いまもなお
――そろそろと、おゆきなすって――
――はい、そろそろとまいります――
そんな言葉が交《か》わされているのに

ああ
どの顔も
どの足も
ただ、せかせかと
せかせかと

伝言板

大きな駅の
小さな伝言板
チョークの粉が散っている。

おれ、先に行くぜ　（たかし）
いつもの所でネ　（カオル）
忘《わす》れ物した、四時には戻《もど》る　（杉山《すぎやま》）
やっちゃん好き！　ほんとよ　（M《えむ》）
ともかく、すぐ電話くれ　（８４―３５９３）

他人《ひと》のことでも
気にかかる
伝えたい人に伝わるのかと。

大きな駅の
小さな伝言板
そして最後に消えない文字で
〔六時間経過《けいか》した記事は消します。　駅長〕

いま

いちばんあたらしい　いまが　いまで
いまよりあたらしい　いまが
いま　すぐそこまで　やってきて
いまのいまを　おいこしそうで
いまのいまが　おいこされそうで
いまのいまが　あわてふためき
いまのいまを　まもりたがって
いまのままで　いたがって
いま　いま　いま
いま　いま　いま　と　わめくまに
ほんとのいまに　いまおいこされ
いまのいまは　いましがた
とんとむかしと　なりました

ほんとうは

ごむまりは
なかない
石の上でも
ポポン　ポン

ごむまりは
はらをたてない
どぶにおちても
ポン　ポポポ

ほんとうは
なきたいときも
あるけれど
せつなさこらえて
ポポン　ポン
ごむまりらしく
ポン　ポポポ

庭先で

ヒョウタン

目がほしや
鼻もほしやと
いのりつづけ
いのりつづけて
ねがいどおりの　ふくべづら
おめでとう。

ホオズキ

くさむらに
灯《ひ》がともったよ。
ことしもあの子にとどけよう。
あの子のくちびるで歌っておくれ
目を病《や》んでいる
あの子のくちびるで。

りんろろん

しいの実を
てのひらに
空をあおげば
あふれくる銀河《ぎんが》

耳をすませば
りんろろん
りんろろん
天の心《しん》から
りんろろん
地球の中のけしつぶの
そのまたつぶのつぶつぶの
つぶつぶつぶのこのぼくの
小さな胸《むね》に
りんろろん
宇宙《うちゅう》が響《ひび》く
りんろろん
りんろろん

むし

むしむしむし
よわむし
なきむし
いばりむし

むしむしむし
ぼくのどこかに　むしがいて
あなたのどこかに　むしがいて
むずむずむず
つまみだすにも　いどころわからん
むずむずむず
いどころわるいと　けんかして
いどころよければ　ほほえんで

むしむしむし
むしがこのよの　かじをとり
ほんとのぼくは　どこにいる
ほんとのあなたは　どこにいる

おっかけ歌

ぽおーんとはずんで　しげみのなかへ
しげみのなかへと　はずんだボール
はずんだボールを　こどもがおっかけ
こどものあしを　こいぬがおっかけ
こいぬのおっぽを　かぜがおっかけ
びゅうびゅうびゅう
びゅうびゅうびゅうで
しげみはざわざわ
ざわざわざわざわ　こどももざわざわ
ざわざわざわで
いたちゃとびだし　もぐらひっこむ
ひっこむもぐらの　そのあなへ
そろりころころ
そろりころころ　ボールがおちて
おちたボールは　そろりころころ
そろりころころ　もぐらのほうへ
もぐらたまげて　あなほっちゃにげる
にげるぞにげる　むちゃくちゃにげる

むちゃくちゃにげても　そろりころころ
そろりころころ　ごっとんころころ
ころころころの　ボールのあとは
だーれもおっては　こなんだと。

ハーメルンの祭り

ヴェーゼル河《がわ》ぞいの
古い小さな町　ハーメルン。

石畳《いしだたみ》の道に日が照りかえり
するどく伸《の》びた教会の塔《とう》が
いつも天にとどいている町。

遠いむかし
大人たちが金を惜《お》しんだばっかりに
町じゅうのこどもが
笛吹《ふ》き男に連れ去られてしまった町。

ドイツランドの小さな町の
父のなげき
母のなげきは
ヴェーゼル河を越《こ》え
国ざかいを越え
時の流れも越えて

人々《ひとびと》の胸《むね》をゆすった。

いま、
この町のオスター通り
笛の音《ね》が響《ひび》きます。
赤い帽子《ぼうし》に鳥の羽
笛吹き男がトランペットを吹いて行く。

ねずみに扮《ふん》した少年たちが
ざわめきざわめき
笛吹き男の後《あと》を追う
着飾《きかざ》った少女たちは
口笛吹き吹き輪になって踊《おど》る。

ヴェーゼル河ぞいの
古い小さな町　ハーメルン。

星が一すじ流れたと

白馬岳《しろうまだけ》のふもとの姫川《ひめかわ》ぞいの
ひなびた村の　小さな話です。

姫川のがけっぷちに大きな岩があって
星の美しい晩《ばん》は
ムジナがこの岩にやってくるとか。

ムジナは
のけぞるようにして
夜通し星をみつめているとか。

チカチカの銀河《ぎんが》を横切って
星が一すじ流れると
ムジナもつられて　ころっとおっこちるとか。

朝がくると
ころっとしたムジナが
川原《かわら》に息絶《た》えているとか。

そのむかし
息子《むすこ》を戦争にとられた源作《げんさく》じいが
炭をやきやき
ひとりぐらしをしておったと。

冬は冬　夏は夏で
じいは　息子に手紙を書いたと。
炭のきれはしで
ひらがなばかりで
——おめが、さわしたの　しのさと
　しゅうげんした　ゆめば　みて
　そうろう
そんな手紙を書いたと。

春は春　秋は秋で
戦場から便りがとどいたと。
——がけっぷちの岩で　もう一ぺん
　星ばみてえな。川の音さ聞きながら
　流れる星さ、数えてみてえな
そんな便りがとどいたと。

星が出るたびに
息子の手紙をだいて
じいは　がけっぷちの岩に立ったと。
ときにはムジナとならんで
夜通し星をみつめていたと。

ある晩
ことのほか星が美しかったと。
ムジナみたいにのけぞって
じいも　星をみつめていたと。
チカチカの銀河を横切って
星が一すじ流れたと
星につられて　ムジナはころっとおっこちて
じいもつられて　おっこちたと。

つぎの　つぎの　つぎの晩
かたかなばかりの電報《でんぽう》がとどいたと。
ゴ　シソクメイヨノセンシトゲ　ラレタ
みぞれまじりの
しょたつくしょたつく晩であったと。

檀《まゆみ》
——信州矢櫃《やびつ》村跡《あと》古記録——

信州水内《みのち》ノ郷《ごう》ニ、矢櫃ナル、山深キ地アリ
大キナル檀ノ木アリ
ゴ神木ナリ

ソノ昔
葉月《はづき》ノ祭ニハ
村人ココニ集マリテ
夜ノ明ケルマデ
踊《おど》リアカシタリト
身振《みぶ》リコトノホカ
オモシロクアリタリト

天明《てんめい》三年文月《ふづき》
浅間山《あさまやま》激《はげ》シク火ヲ噴《ふ》キタリ
矢櫃ノ地ニモ灰シゲク降《ふ》レリ
マタ、ミゾレ混《ま》ジリノ雨降リ続キ
空見ユル日ナク
サナガラ冬ノゴトシ

草モ枯《か》レ、木モ枯レ
ヒエモ実ラズ
アワモ実ラズ
村人ハ地ヲハイ
草ノ根ヲ掘《ほ》リテ食イタリ

フシギナルコトニ
檀ノ木ノミ
ソノ葉枯レザルナリ
村人、檀ノ葉ヲ分カチ合イテ
イノチ長ラエタリ

サレド
秋チカクナレバ
檀ノ葉モ残リ少ナクナリヌ
村人、タガイニユズリ合イテ
ソノ葉ヲ採《と》ル者ナシ
若者《わかもの》ハ老イタル者ニユズリ
老イタル者ハ子ニユズリ

ヒトリトシテ食《しょく》ス者ナシ
ツイニハ、村人ミナ飢《う》エテ死セリ

村ハ失《う》セ
大キナル檀ノ木ノミ
ココニ残レリ

ほっかりと

あたらしい　ゆきで
うちゅうが　こんなに
きよめられてしまうと
あるくのもつらいのです。
こころのうちが
みすかされそうで。

わたしの　むねにも
ふってたもれ
ほっかりと。

雪野原

雪野原に
けものたちの足跡《あしあと》を見いだせるのは
朝日さす前の
ほんのいっとき。

ごらんなさい
ゆんべは
星あかりの
凍《い》てつく空だったけれど
ムジナは
まめがきのあたりをうろつき
ノウサギたちは
クヌギの若芽《わかめ》をかじり
そのかたわらでは
つがいのヤマドリが
チョンチョンはねていた。
尾根《おね》に向かって
ぽちらぽちらとつづくのは

キツネの親子の足跡さ。
ああ、
人間だけのものじゃなかった
雪野原よ。

黙《だま》りこくって

夜ふけだというのに
じさとばさとで
雪を掘《ほ》っている。
シャリッ
シャリッ
月明りをたよりに
シャリッ
シャリッ
凍《い》てつく空に
シャリッ
シャリッ

――おらとこの息子《むすこ》来るとよ
――雪掘りに来るとよ
道に出てはそう言うとったのに
三日たっても
五日たっても
息子は来《こ》ずに

シャリッ
シャリッ
深い雪だよ
シャリッ
シャリッ

月明りをたよりに
じさとばさとで
シャリッ
シャリッ
先祖《せんぞ》からの
小さな家を掘っている。
黙りこくって。

スズメ

チチチチ
チエッ
すずめらさえも
したうち　しちょる
どか　どか　どか　どか
ふりつづくもんで
チチチチ
チエッ
すずめらさえも
したうち　しちょる
軒《のき》ばにつるした雪ぐつを
ちょいとくぐって
チチチチ
チエッ
ちょいとのぞいて
チチチチ
チエッ

シグナル

のんのんのんのん
ながーい線路も
すっぽり埋《う》もれ
のんのんのんのん
送電線も
すっぽり埋もれ
のんのんのんのん
月の影《かげ》さえ
すっぽり埋もれ
人も通らず
犬も走らず

なのに
チンチンチンチン
シグナルは
叫《さけ》んでる
　―上りの列車が通ります
　―下りの列車が通ります

「上りの列車じゃないのにさ
下りの列車じゃないのにさ
線路に積もった　どか雪なのに
ああ、今夜も思い違《ちが》いをしとるなあ」
つぶやきつぶやき　太郎《たろう》は眠《ねむ》る

チンチンチンチンチンチンチンチン
　チンチンチンチンチンチンチン
　　チンチンチンチンチン
　　　チンチン
　　　　チン
　　　　　チ

雪道は

雪道は
ほとほとと。
うつむきながら
ほとほとと。
祈《いの》りのこころで
ほとほとと。

のんの　のんのん

のんの　のんのん
のんの　のんのん
　雪降《ふ》る晩《ばん》は
誰《だれ》とはなしに
電話がかかってきそうで。

のんの　のんのん
のんの　のんのん
誰とはなしに
電話がかかってきそうで
待ちどおしくて。

のんの　のんのん
のんの　のんのん
娘《むすめ》からか
あの人からか
誰とはなしに。

のんの　のんのん
のんの　のんのん
娘からも
どなたさまからも
音さたなくて
雪降るままでありました。

『だいじなものは』

あくしゅ

少年の日のこと
かく巻《ま》きをかぶり
雪道をいそいでいたとき
思いもかけず
肩《かた》をたたかれ
ぎゅっと　手をにぎられ
――やあ、おめでとう。
――しっかりやろうぜ。
と、ことばをかけられ
そして　わかれた。
ゆきずりの人だったけど
その手のかんしょくを
いまなお　ありがたく思っている。

しなしなと

ふるさとにきて
雪ふる音をきいている。
しなしなと
なつかしさが
身にしみる。
心あたたかく
生きたいとおもう。

きょうの　ぼく

新しい年がやってきて、
きのうが
きょねんになって、
きょうの　ぼくは
きのうの　ぼくで　なくなった。

お宮の大杉《おおすぎ》に
新しい　しめ縄《なわ》　張《は》ってある。
大杉は、新しい年になって、
一年古くなった。

新しくなるって　古くなることか。
古くなって　新しくなる。
ぼくも、
古くなって　新しくなった。

馬

少年のころ
村には　馬がたくさんいた。
犂《すき》を　ひいたり
車を　ひいたり
でっかい馬糞《まぐそ》を　落としたり。

いくさが拡《ひろ》がるにつれ
馬は　村から消え
いくさが　すんでも
馬は　村にもどらなかった。

雪えくぼ

なんとも
しっとりとした
雪野原だ。
ほら、
きこえるかい。
ふりむくたびに
雪わらしが
ほほえみかけるよ。
ほほほ、ほほほほほ……

※雪えくぼ……新雪の表面にあらわれる、かわいいくぼみ

うめ

はるかな　むかしより
さいて　ちって
ちって　さいて
わたしが　生まれてからさえ
さいて　ちって
ちって　さいて
ああ、
六十回。
そのつぼみの
ふっくらと。

しゃくり　しゃっくり

しゃくとりむしが
しゃくり　しゃっくり
のぼっていくよ
むくげのえだだよ
しゃくり　しゃっくり

えだとえだとの　わかれみち
どっちのみちを　のぼろうか
ひだりか　しゃっくり
みぎか　しゃっくり

のぼって　のぼって
てっぺんぺん
これにてみちは　ゆきどまり
こまった　しゃっくり
どうする　しゃっくり

かあさんよぼうか

とうさんよぼうか
しゃくり　しゃっくり
どうする　しゃっくり

森の声

森の小鳥が
朝日をまっている。
ネ、ネ、もうすぐ
すぐだよネって
ぺちゃピー　ぺちゃピー
しゃべくりながら。

森の泉《いずみ》も
朝日をまっていた。
ねんねんさいさい
わくわくわくわく
きらら　きららと
ささやきながら。

雪野原に

ノウサギの
あしあとだけが
ちょんちょん　つづく
そんな雪野原に　うずくまり
そっと
あの子のしあわせ
この子のしあわせ
あなたのしあわせ
祈《いの》りたいのです。

道

とことこ　歩いて
ふりかえり
とことこ　歩いて
ふりかえる。

うしろの道にも
まえの道にも
おじぎをしたい朝です。

ごりっぱ

日暮《ひぐ》れどき
ホッホ　ホッホ
ふくろうが　鳴きました。
「ぶっちょうづら、やーい」
子どもたちが　はやしました。
ふくろうは　首をかしげます。
――ぶっちょうづらって　どんな面《つら》？

ふくろうは　水辺《みずべ》におりて
おずおず　のぞきました。
はじめて
自分の面を見るのです。

ふくろうは
まじまじ　見つめ
そして　さけびました。
「おお！　ごりっぱ」
水面《みなも》には

三日月さまが映《うつ》っていました。

だいじなものは

だいじなものは
草のつゆ
いのちのかぎり　ほほえんで。

だいじなものは
木のねっこ
みえない力で　ふんばって。

だいじなものは
アリのひげ
めぐり会うたび　おじぎして。

だいじなものは
とびの羽
春のひかりを　おんぶして。

月の夜

月の夜を
そろりちょろりと
むじなが　ゆけば
森のふくろうが
「おばんです」と。
むじなも　ちょいとふりむいて
「おばんです」と。

人と人との　いたわりあいが
こんなところに
のこっていたのか。

ならんでる

ならんでる、
ならんでる。
赤ちゃんのクツ、
じいちゃんのクツ。
そとは　しんしんしんしんしん
雪なのに
土間《どま》は明るいよ。

大きいクツと
ちっこいクツが
ウックンウックン
オメデトウって
おしゃべりしてるから、ネ。

みあげる

ちいさな子が
みあげている
みつめている
ゆったり
のったり
ながれる雲を。

ながいこと
わすれていたなあ
みあげることを
みつめることを。
かたわらに
すわらせておくれ
ちいさな子よ。

新しい　ひかり

新しい
ひかりの中で
古い本を
ひらきます。

ことばが　まぶしく
よみがえります。
新しい
ひかりのように。

ほとほと

蛙《かえる》は水を飲みません――
ほんとかいな？
その人は、びっくりしたと。
その人は、新しい年を迎《むか》えて七十二歳《さい》。
なのに
そんなことも知らなかったとは
ほとほと　あきれた話だけれど、
その人って
ほんとうは
わたしなんです。

ああ、
この世は、知らないことばかり。
この世は、知りたいことばかり。

ふしぎ

お正月さん
きのうまで
どこに　いたの?
一〇、〇〇〇分の一も
おくれないで、
ぴったし　まにあって、
ふしぎだな。

呼《よ》んでいる

まごが　歌っている。
――ウルトラの　父がきた
――ウルトラの　母がきた
新しい空にむかって
歌っている。

あれは　初音《はつね》か、
みんな　みんなの
しあわせを　呼んでいる。

今どき

むかいのおばさんが
おすそわけだけどと、ネギの束をおき
——今どきの子どもは、手かげんというものを
　知らんからねえー
そうつぶやいて、帰っていった。

ぼくは、ネギを勝手口へ運んだ。
運びながら、
ネギを包んだ新聞に目をやった。
「中学生が公園で乱闘《らんとう》・二人が重傷《じゅうしょう》」
ははあ、このことかと
なお、新聞に目をやると
「ミサイル攻撃《こうげき》で、民間人　数十名死傷《ししょう》」
と、大きな活字。

——今どきの大人は、手かげんというものを
　知らんからなあー
ぼくは部屋にもどって

今どきのマンガを開いた。

ほどなくして
今どきの母さんが
今どきのスーパーから
今どきの冷凍《れいとう》ピザを買ってきた。

イノチコソ

雑草《ざっそう》という草はない
それぞれ名前をもっている。
雑事・雑務《ざつむ》も
無駄《むだ》ごとじゃない。
とはいえ　去年はひどすぎた。
ざつざつざつに　押《お》しつぶされて
年賀《ねんが》のあいさつさえ
ままならず。
でも、これだけは言わせてください。
押しつぶされながらの一言を！

イキモノノ　イノチヲ　トルナ
センソウハ　イカンゾ
イノチコソ　イノチダ

おのれ

よちよちと　まごの足あと。
遠いむかしから
生き物たちは、
大地を踏《ふ》んだり跳《は》ねたり。
まごの　足あとは
はじめの生き物たちから
1、2、3、4、5、6、7、8、……
数えに数えたら
何兆《ちょう》何億何万何千何百何十何番目に
なるのかのう
なんて考えるのは　おどけたこと。
だがよ、かれは今、
おのれの一歩、また一歩を
大地にしるしている。

ひざまずいて

チョウにも
モグラにも
なれないまま
七十七歳《さい》になります。
「父さん、母さん、ごめんなさい」
そう　つぶやくのですが、
今、新しい日がのぼります。

そうか、
まだ一歩ある、二歩さえも……
ひざまずいて
天と地に祈《いの》り
三歩、四歩と　歩め歩め。

帯しめて

おっちょこちょいで
わすれんぼうで
ばあちゃんに
しかられてばかり、
いくつになっても
子どもなんです
ぼくのじいちゃんは。

でも　今朝《けさ》は、
きりっと　帯しめて
お日さま拝《おが》んでいた。

ヒカリ号

新しい朝です。
孫とじいが
未来行きの
ヒカリ号に
乗っている。
一〇歳《さい》の孫と
七八歳のじい。
「はやい、はやい」孫はさけぶ。
「うん、うん」じいがこたえる。
さて、どこまで一緒《いっしょ》に行けるのか
未来に続く、ヒカリ号よ。

はじめて　はじめて

生きているって
はじめて　はじめての
つづきなんだね。

はじめて　しかられ
はじめて　ほめられ。

はじめて　あってこんにちは。
はじめて　わかれのさようなら。

まいまいつぶろは　わすれない
はじめてなめた　つゆのあじ。

ああ、虫も　人も
はじめて　はじめて　はじめてを
かさねかさね　生きているんだね。

さんじゅ

うっすらと
雪をかぶった南天の
紅《あか》い実。

なぜか
父の声を聴《き》きたい、
母の声を聴きたい。

父よ母よ
わたしは
いいい
さんじゅになります。
ああ、
父の声を聴きたい、
母の声を聴きたい。

※さんじゅ（傘寿）……八十歳《さい》のこと

うよよ　むくぞく　―カマキリの誕生《たんじょう》―

あの、しぶ紙みたいな
あわわのかたまりから
よくぞまあ　百か二百か六百か
うよよ　むくぞく
生まれたもんだ。

一分《いちぶ》にたりない　ごまつぶなのに
てんでてんでに　カマふりかざし
うよよ　むくぞく。

親の顔さえ見たことないのに
天上天下《てんじょうてんげ》を知りつくしたごとく
にらみをきかせたそのつらがまえ。

すすめ　すすめ
うよよ　むくぞく。
カマふりかざし
東《とう》・西《ざい》・南《なん》・北《ぼく》

宇宙《うちゅう》の果《は》てまで。
うよよ　むくぞく。
むくぞく　むくぞく……

ひとひらの　うた

これは、雪の村からの　たよりです。
お正月がくるたびに
ねんねんさいさい
あの人に、この子にと　おとどけしたのです。
その、ひとひら　ひとひらを　あつめたら
小さな詩集になりました。

モミの木は、
ねんねんさいさい、新しい葉をひろげ
その　ひとひら　ひとひらを　地上にとどけ
そして　大きくなりました。

わたしは今、わたしのひとひらを
受けとってくださったあなたに、

「おめでとうございます」

「ありがとうございました」

と、おじぎをしています。

一《ひと》つまみ――『だいじなものは』以後の11篇

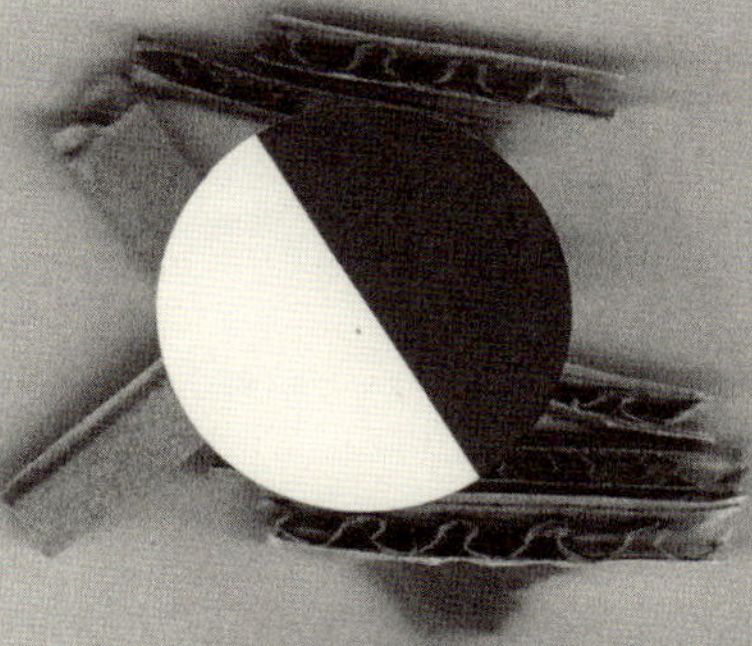

おすもうさん

右足あげて
　よいしょ！
左足あげて
　よいしょ！

しおをつかんで
ぱっぱっぱ！
おなかをたたく
　ぷりん！
　ぷりん！

こぶしをついて
　みあって！
　みあって！
　みあって！

でんとぶつかり

まわしをとって
　のこった！
　のこった！

ふんばれ！
ふんばれ！
ふんばった！
ふんばりかえって
うっちゃった！

トップンパラリ

にょごにょご　にょごにょご
となえたら
トップンパラリ
あめやんだ。

にょごにょご　にょごにょご
となえたら
トップンパラリ
にじがでた。

さてさて
つぎは　なにがでる。

にょごにょご　にょごにょご
となえたら
トップンパラリ
アメンボはねた。

にょごにょご　にょごにょご
にょごにょごと、
三べんとなえて
えいっ、やあーっ、

できたぞ　できた
トップンパラリ
さかだち　できたあ！

ほほほーい

「ハギの芽だよ」
父さんの声。
「まあ、やわらかなみどりね」
母さんの声。

いもうとは、
じいちゃんの背中を
トントンしながら
「あのね、あのね……」と話してる。

ことばが
やさしさを生んでいるみたい。

チベット・トンガ・ナイジェリア……
それぞれの民にはそれぞれの
ぼくの知らないことばがあって、
父さんと母さん
そのまた父さんのそのまた母さんの

そのまたそのまた　そのそのそのと
受け継《つ》いできた　やさしさがあるのだな。

ぼくのやさしさが
ポチに呼《よ》びかける。
「ほほほーい」
やさしさが
おっぽをふってかけてくる。

よくぞまあ

じいと
ならんで
オリオンの星雲を
みつめている。

お前は
十億年ものかなたから
やって来て
じいはほどなく
十億年ものかなたへ
去っていく。

宇宙《うちゅう》の中の
この一瞬《いっしゅん》に
よくぞまあ
孫として
じいとして
巡《めぐ》り会えたものよのう。

オリオンが
ちかちかすれば
ぼくも
しんそこ思うのだ。
じい、
会えてよかったなあ。
十億年前からの
約束だったんだね。

れんぎょうの花

れんぎょうは
しなやかな枝《えだ》に咲《さ》く。
れんぎょうを眺《なが》めつつ
ぼくは、
うつうつと目を閉《と》じていた。

少年のころ
うつうつと目を閉じる父を見た。
縁先《えんさき》での
しんみりとした父の姿《すがた》。

父は、なにを思っていたのだろう。
戦にとられた息子《むすこ》のこと？
年ごろをむかえた娘《むすめ》のこと？
それとも
きかんぼうで
近所から苦情《くじょう》のたえない三男坊《ぼう》
つまり、ぼくのこと？

いやいや
そうではあるまい。
父は、
ばばさのこと
お浄土《じょうど》へ旅立った
ばばさを思っていたのだろう。

いまのぼくが
れんぎょうを眺めつつ
うつうつと
母をなつかしんでいるように。

芽

庭先に出て
牡丹《ぼたん》の木をみつめる
じいちゃん。

牡丹の木は
燃えるような赤い芽を
天に向けている。

じいちゃんも
右手の人差し指を
天に向けた。

牡丹の芽は
やがて　ふっくらと
花を咲《さ》かせるが――

～おらも
　でっけえ花

咲かせるぞい～

流れてくるのは
朝の光につつまれた
じいちゃんの声。

春風

土手の道を
車椅子《くるまいす》が進む。

春風が流れ
白い雲が浮《う》かび
青年が
車輪を操《あやつ》って。

と、車椅子が止まった。

青年が振《ふ》りかえった。

――踏《ふ》んだかも？

「ごめんなさい」

やわらかな声だった。

車椅子が去って
背伸《せの》びした
タンポポが
春風にゆれていた。

モズが鳴くとき

キーンとしたモズの声。
少年は、山ぶどうが熟《う》れたなと感じた。

やぶをわけて進むと歌声が――
「キョウモ　オ山ヘコレルノハ
　兵隊サンノ　オカゲデス……」

聞き覚えのない歌声？
そこには山ぶどうの茂《しげ》みがあり、
〈清谷《きよたに》村・大野新作〉
の木札が下がっているはずだ。
夏の初めに発見したしるしさ。

「それ、おらが見つけたんだぞ！」
少年の声に　モンペ姿《すがた》の少女が
山ぶどうの種をプイと飛ばし、
「うちは、去年の秋に見つけたけん
　名前書かなんだから、こんど書いたさ」

少年の名前に並《なら》べて
ちょこんと、
〈日影《ひかげ》村・木村シノ〉

あれから六十三年、
――モズの声で　雨もやんだのう。
――雨がやんだで　モズが鳴くのよ。
お茶をすする縁先《えんさき》のお二人。
大野新作とシノ。

それが、
ぼくの、じいちゃんとばあちゃんさ。

お日さま

信濃《しなの》の山に
新しい年の
お日さまがのぼります。
山国のじいは
かしわ手を打ちます。
並《なら》んで立つばあは
目を閉《と》じたり開いたり。

じいと
ばあは、
山のずっとずっと向こう
海のある町を思っています。

訪《たず》ねたことのない
町だけれど
その町の
じいちゃん

ばあちゃんたちを思って
かしわ手を打つのです。

東北の町の
じいちゃん！
ばあちゃん！
新しい年です。
どうぞ
お日さまを
両手いっぱい
抱《だ》いてくだされ。
抱いてくだされ。

＊二〇一一年三月一一日、「東日本大震災」が発生。翌年、祈りの正月を迎えた。

いずこへ

アカシアは
雪解《ゆきど》け水を
たっぷり吸《す》いあげ
白い花をいっぱい咲《さ》かせ
セシウム？　プルトニウム？
そんなうわさを気にしつつ
ハチたちの来るのを
待っていた。

ハチたちは
ぶんぶんぶんぶん
やってきて
花をいためないように
蜜《みつ》を吸った。
アカシアは嬉《うれ》しかった。

ハチたちは
いつものように

8の字ダンスをしながら
仲間をさそい
蜜を吸ったが
ダンスはしだいに
6の字になったり……
9の字になったり……

どこかおかしい
どこがおかしいのやら
わからないまま
ハチたちは
巣《す》にもどることなく
いずこへか消えたという。
いずこへか——

一《ひと》つまみ

ゴーシュが
カッコウを見送った
朝のように
ゴーシュが
子だぬきを見送った
朝のように
いま
東の空が
銀色にそまっていく。

ああ
たとえ　じぶんは
コップ一杯《ぱい》の水であっても
一つまみのパンを
野ねずみにあげる心を
きみも　ぼくも
忘《わす》れないでいようね、
ずっと。

宇宙と交感する生命の音楽

——詩人・野呂昶《さかん》

このたび敬愛する詩人高橋忠治の全詩集が誕生しました。詩人は一九二七年生まれ、どの一編も八十五年の歳月をかけて、あたため、深め、つむいできた、生命の結晶でないものはありません。信州に生まれ、信州に住んで、その自然や風土、そこに暮らす人々を愛し、その中から詩人でなければ発見できなかった生命の神秘や感動を、あたたかでヒューマンなポエジーに昇華されています。

　じねんじょ

ふかふかと
雪のふる日は
　ろじろじ
　ろじろじ
ばあちゃんは
じねんじょをする。

うすぐらい
なやのすみに
ねんねこばんてんにくるまって

ろじろじ
ろじろじ
きながにきながに
じねんじょをする。

この詩は四十五行からなる詩の一部ですが、雪深い山里の納屋のすみで、じねんじょをするおばあさんの姿や動作、表情までが、いきいきと目に見えるように描かれています。〝ろじろじ〟の擬音からは、じねんじょをする音とともに、その匂い、おばあさんの家族への愛情までが立ち上ってきます。擬音は本来、もの音を文字で表現したもので、意味性を持ちませんが、この擬音からは意味はもちろん、その情感、感動・詩性が鮮やかに香り出て、擬音も又詩の言葉であることを教えています。詩人ならではのすぐれた言語感覚から生まれた擬音といえるでしょう。

りんろろん
しいの実を
てのひらに
空をあおげば
あふれくる銀河
耳をすませば

りんろろん
りんろろん
天の心《しん》から
りんろろん
地球の中のけしつぶの
そのまたつぶのつぶつぶの
つぶつぶつぶのこのぼくの
小さな胸に
りんろろん
宇宙が響く
りんろろん
りんろろん

広大な宇宙からの生命の讃歌。〝りんろろん〟の音は、どんなに小さな生命も、体の大小に関わらず大切で、尊く、かけがえのないものであることを、おごそかにうたっています。詩人が夜空を仰ぎ、大きく心を泳がせ、銀河宇宙のはてまでも旅をしている様子が見えてきます。

しなしなと
ふるさとにきて

雪ふる音をきいている。
しなしなと
なつかしさが
身にしみる。
心あたたかく
生きたいとおもう。

静かに静かに山里に降りつもる雪、降る雪の中からは、なつかしい共に暮らした祖父母や父母、兄弟たちの声が聞こえてきます。みんなやさしく、心あたたかかった、そのやさしさを呼吸して、詩人は今まで生きてきたのです。雪の降る音と詩人の感慨が〝しなしなと〟しらべをかなでています。

このように詩人は、愛してやまない郷里信州を深く静かに俯瞰《ふかん》、感情をおさえてうたっています。詩人が描きたいのは、郷里を基盤としながらも郷里を超えた、人間の生命の神秘、普遍的な美と真実の世界です。人間とは何か、どう生きるべきかといったテーマが、どの作品にもその底に沈んでいます。それともう一つ、この詩集の特徴は、擬音がポエジーの中核になっていることです。詩人にとって擬音とは、広大な宇宙と交感する生命の言葉・音楽ではないかと思われます。

溌《はな》たらしの深遠さ

高橋忠治

私は昭和二十年の春、信州も雪深い奥信濃の分校の代用教員になった。戦争が激しくなるにつれて正規の教員が次々と召集され学校の先生が足りなくなったからである。

私は三年生の担任になった。十七歳だった。児童は三十一人だったが、一人増え二人増えした。奥信濃へも縁故疎開してくる家族がいたからである。東京大空襲のことなど、新聞・ラジオよりも疎開してきた人々の話にぞっとしたものである。

八月に終戦。「兵隊に取られないですむのだ」という開放感が私を包んだ。なにしろ、五月に繰り上げの徴兵検査を受けていたから。

九月に入って、国家主義に関連する図書資料は廃棄するようにとの指示が本校からあり、狭い職員室の書棚からそれとおぼしき書物を抜きだし、六人の職員が分担してそれぞれの家にかくまうことになった。その作業を通して私は書棚の隅から古くて新鮮な本を幾冊も発見した。

その一つが北原白秋編の『児童自由詩集』であった。子どもでなければ書きとめもしないであろう言葉がちりばめられていた。

雪　　　（甲府・三年男児）

うらへ出た、
雪がふっていた。
木のそばへ行って、
雪に
にわとりをかいた。
指がつめたくなってきた。

私はクラスの子どもたちにこれらの幾篇かを読んで聞かせた。子どもたちは昔話や童話のおもしろさとは異なる味わいを感じたらしく、顔を見合わせてくくっと笑うのだった。ある日、子どもたちに「わいらも、短い文を書いてみな」と、四分の一のわら半紙を配った。鉛筆なめなめというけれど、そのころの鉛筆は粗悪でなめないと書けなかったのである。そしてやっと書きあげるが、子どもの書いたものは誤字脱字や記号無視が多く読み取りに苦労する。

たとえば、ある男児の文をそのまま示せば次のようである。

○かにわぶぐてあぶぐでした。1かいぶ2

かぶぐ3かいぶぐよもしるいや。

これを読み解くことは、考古学者が散乱する破片を繋《つな》ぎ合わせて、燃えるがごとき壺《つぼ》に復元する営みと似ている。私はこれを次のように復元できたときは嬉《うれ》しかった。

かには
「ぶぐ」って
あぶくを出した。
一かい「ぶぐ」
二かい「ぶぐ」
三かい「ぶぐ」
おもしろいや。

捕ってきた沢蟹《さわがに》をバケツに入れじっと覗《のぞ》き込んでいるその子の姿が浮かぶ。ぶく・ぶくと反復しているその子の心の波動を受け止めたとき、私までこりゃおもしろいやと感じ、あいつらしいなあと感じ、洟《はな》たらしのその子が愛らしく思えてくるのだった。あいつはなんと美しいものをその内側に宿していることか、その深遠さにひれ伏したいとさえ思えるのだった。

もう十年も前になるが、代用教員時代の教え子の同級会に招かれた。二十人近く集まったかと思うが、杯を酌み交わしているとき、愛知県に住んでいる子から電話がかかってきた。受話器を執ったとき彼はすでに涙声だった。そして吠《ほ》えるように言った。「先生、子どものとき、おれの詩をほめてくれてありがとう」と。私も胸が熱くなり思わず「ありがとう」と応えた。還暦も過ぎ孫もいる初老の男にとって、木の枝を振り回していたガキの時代に「詩をほめられた」ことこそ、もっとも深い喜びであったとは！

私に子ども心と詩との深い関わりを教えてくれたのはこの子たちであった。また、後に私が少年詩を書くようになった源泉もこの子たちとの出会いのおかげ、そう思えてならない。ありがとう。

平成二十五年三月

横浜市篠原町　観音寺の庫裡《くり》にて

索引

高橋忠治（たかはし ちゅうじ）
一九二七年長野県飯山市に生まれる。
一九四五年北信濃の代用教員となり、
子どもたちが宿している
詩心の豊かさにびっくり。
それが契機となって
島木赤彦、巽聖歌、まど・みちおなどの
詩や童謡を読み漁る。
その後松谷みよ子らの
「子どもと文学」や
信州の「とうげの旗」の同人となり、
詩・童話を発表する。
詩集『りんろろん』で
第九回新美南吉児童文学賞、
第十三回塚原健二郎文学賞を受ける。
一九九一年から六年間、
黒姫童話館の初代館長を務める。
日本児童文学者協会名誉会員。

定本
高橋忠治全詩集
２０１３年５月２９日　第１刷発行

著　高橋忠治

発行者　小峰紀雄

発行所　株式会社小峰書店
〒162-0066 東京都新宿区市谷台町４-１５
電話 03-3357-3521　FAX 03-3357-1027
http://www.komineshoten.co.jp/

編集協力　市河紀子

印刷　株式会社三秀舎

製本　小高製本工業株式会社

NDC911 20cm 287p ISBN978-4-338-08157-3